D1696831

Stendel

Roland Kübler

TRÄUME DER SEHNSUCHT

Märchen von inneren Horizonten

Die Deutsche Bibliothek - CIP-Einheitsaufnahme

Träume der Sehnsucht : Märchen von inneren Horizonten /
Hrsg.: Roland Kübler. - Waiblingen : Stendel, 2002
ISBN 3-926789-36-0

© Copyright 2002 by Verlag Stendel,
Postfach 1713, 71307 Waiblingen
Alle Rechte vorbehalten
Umschlag und Illustrationen: Peter Tannrath
Satz, Lektorat, Konzeption: Verlag Stendel
Druck: Windhueter, Schorndorf
Bindung: Nething, Weilheim
1. Auflage März 2002
ISBN 3-926789-36-0

TRAUMFEUER

Wenn nach vollbrachtem Tagwerk, Menschen zusammen am abendlichen Feuer sitzen, und es ist einer jener wandernden Märchenerzähler unter ihnen, kann es sein, dass er diese Geschichte erzählt:

„Mag sein, ihr glaubt, es sei ein Märchen, das ich euch nun erzähle!" Mit diesen Worten beginnt jeder Erzähler, woher er auch kommen und wohin er auch wandern mag.

„Doch, so wahr ich hier sitze, sie hat sich zugetragen und trägt sich noch immer zu. Jeden Tag und jede Nacht. Vielleicht sogar bis zu der Zeit, in welcher sich die Erde nicht mehr um die Sonne dreht und der Mond seine Bahn verlässt, um sich in den Tiefen des Alls mit den Sternen zu vereinen. Achtet auf meine Worte und vergesst nicht, eure Herzen zu öffnen, denn nur dann könnt ihr wirklich hören und ein wenig von euch selbst verstehen.

●

Lang schon stand das kleine Schloss einladend auf dem namenlosen Hügel im namenlosen Wald. Vielfältiger Stuck zierte die Mauern, bunte Wimpel flatterten an den hohen Zinnen, Fackeln und Öllampen sorgten des Nachts stets für Helligkeit. Trotz alledem wurde den Wanderern, welche auf ihrem von der Fügung bestimmten Weg, diesen Pfad gewählt hatten, seltsam bang ums Herz, wenn sie in die Nähe des Schlosses kamen. Meist suchten sie so rasch als möglich das Weite.

In der Umgegend wurde getuschelt und gemunkelt, hinter den dicken Mauern verberge sich ein bedrohliches Geheimnis. Von einer jungen, schönen Frau, die auf den Helden ihres Herzens warte, war die Rede an den nächtlichen Dorffeuern und von vielen Männern, die sich aufgemacht hätten, das Herz jener geheimnisvollen Frau zu gewinnen; manche mit Schwert und Rüstung, andere mit Edelsteinen und Geschmeide, Gold und Silber. Einige aber auch mit nichts weiter als einem offenen Herzen und unbeschwertem, lachendem Blick. Keinem jener Männer ist gelungen, was er sich erhoffte und erträumte. Viele von ihnen wurden nie wieder gesehen. Diejenigen aber, die den Weg zurück in die Dörfer fanden, sind stumm geblieben. Nach ihren Erlebnissen befragt, schüttelten sie die Köpfe und starrten mit wirren, leeren Augen in den Himmel.

An einem friedvollen Sommerabend, gefüllt mit leiser einschmeichelnder Musik, reichlich Essen, gutem Wein, herzlichem Lachen und ungewöhnlichen Geschichten, hörte ein Mann, der sich als Kunstschmied seinen Lebensunterhalt auf den Jahrmärkten der Dörfer verdiente, von diesem geheimnisvollen Schloss. Und tief in seinem Inneren flüsterte ihm eine unbekannte Stimme zu, er habe sich aufzumachen in den namenlosen Wald, um den namenlosen Hügel und das kleine Schloss zu finden.

Am nächsten Morgen war das Bündel schnell geschnürt, nannte er doch nicht viel sein eigen: einen wärmenden Umhang aus weichen, bunten Stoffen, einen abgegriffenen, speckig glänzenden Lederbeutel für selbstgesammelte Duftkräuter, seine Werkzeuge und ein Buch mit vielen vergilbten Seiten, in welchem er mit dünner Feder niedergeschrieben hatte, nach was er sich sehnte, von was er träumte und geträumt hatte.

Angeleitet und geführt von jener leisen, drängenden Stimme, der er vertraute, obwohl er sie bis zu diesem Zeitpunkt noch nie gehört hatte, fand der junge Mann seinen Weg durch die Betriebsamkeit und Hast der allgegenwärtigen Wirklichkeit.

Schon oft war er des Nachts allein durch dichte, dunkle Wälder gewandert. Er verspürte keine Angst wie zahllose andere Menschen, denen das nächtliche Geraune und Geflüster unter dichtstehenden, hochgewachsenen Bäumen unheimlich ist. Vertraut waren ihm die vielfältigen kleinen Geräusche: das Rascheln der Tiere im trockenen Laub, das leise Seufzen uralter Stämme, das verträumte Wispern der Blätter.

Je näher er jedoch dem namenlosen Hügel und dem kleinen Schloss kam, umso stiller wurde es im Wald. Selbst der laue Nachtwind schien eingeschlafen, oder aber diesen Ort zu meiden. Wie grobgezackte Schattenrisse reckten sich die Äste in den hellen, hochstehenden Mond. Das kleine Schloss auf dem namenlosen Hügel leuchtete, als sei es aus reinem Silber gegossen. Verzaubert von diesem Anblick, blieb der junge Kunstschmied stehen. Erst als eine eisige Kälte durch seinen Umhang drang und ihn frösteln ließ, ging er weiter.

Ein tiefer Graben zog sich um das Schloss. Die Zugbrücke war herabgelassen und das Tor geöffnet, als werde er erwartet. Sein Rufen verhallte jedoch ungehört auf dem Hof mit den verwitterten Pflastersteinen, und auch in den langen Fluren und verwinkelten Gängen bekam er keine Antwort.

Mit einer bangen Ahnung im Herzen, und nicht ohne sich immer wieder nach allen Seiten umzusehen, ging er weiter hinein in das Schloss.

Reich geschmückt waren die Wände der hohen Hallen. Alte farbenprächtige Bilder in goldenen Rahmen, Seidengobbelins aus fernen Ländern, kunstvoll geschmiedete Fackelhalter und feingearbeitete kleine Phantasiefiguren ließen den fachkundig um sich schauenden Kunstschmied immer wieder erstaunt nähertreten, um liebevoll über die eine oder andere Kostbarkeit zu streichen. Ein dicker geknüpfter Teppich lag auf dem Boden und dämpfte seine Schritte.

Gefangen in dieser verschwenderischen Schönheit, erkundete der junge Mann das Schloss, bis ihm eine breitgeflügelte Holztür den Weg versperrte. Vorsichtig versuchte er sie zu öffnen. Überrascht musste er jedoch feststellen, dass diese Tür zwar ein Schloss, jedoch keine Klinke besaß. Ein kaum merkliches Lächeln huschte über das Gesicht des jungen Mannes. Er kramte in seinem Bündel und fand schnell die Werkzeuge, die er brauchte. Nur wenige Atemzüge benötigte der Kunstschmied, um die verschlossene Tür zu öffnen.

Der Raum, den er betrat, war wohl dafür gedacht, Gäste zu bewirten. Ein großer Tisch mit vielen Stühlen stand in der Mitte. Trinkhörner und kostbare Gläser, kunstvoll bemalte Porzellanteller, Schüsseln und Töpfe reihten sich in den Regalen. Vielarmige Leuchter hingen an den Wänden und von der Decke.

Und dann entdeckte er in einer Ecke, nahe bei einem in die Wand eingelassenen Kamin, neben dem Holzscheite aufgeschichtet lagen, auf einem fellüberzogenen Stuhl sitzend, eine junge Frau, die ihn aufmerksam beobachtete. Ihre Augen waren dunkel, und der Mann konnte nichts in ihnen entdecken außer tiefer, trauriger Hoffnungslosigkeit. Er ging näher und suchte hinter diese Dunkelheit zu blicken, dorthin, wo sich die Kraft des Lebens zeigt. Die schwarze Nacht in diesen Augen war jedoch undurchdringlich für ihn.

„Willkommen, Fremder", sagte die Frau, ohne sich zu regen. „Sei begrüßt in meinem Schloss. Setze dich. Ich werde dich mit allem versorgen, was dein Herz begehrt."
Die Frau deutete auf einen Stuhl an dem großen Tisch,

und der Mann ließ sich zögernd nieder. Dann verschwand sie durch eine der Türen und ließ ihn allein. Bald schon kam sie zurück und deckte den Tisch mit feinsten Speisen und ausgesuchtesten Leckerbissen. Hungrig kostete der Mann von allem und aß, während ihm die Frau still dabei zusah.

„Entzünde ein Feuer", forderte sie ihn auf, als der Mann fertig gegessen hatte, „dann kannst du in dieser Nacht bei mir bleiben."

Der Mann ging zum Kamin, um Holz aufzuschichten und kleine Späne darunterzulegen. So sehr er jedoch auch suchte, alle Scheite, die neben dem Kamin säuberlich aufgeschichtet lagen, waren klamm.

„Das Holz ist feucht und ich finde nichts, womit ich ein Feuer entfachen könnte", sagte er und sah die Frau an.

„Wenn du das Feuer nicht entzünden kannst, werde ich dich fortschicken müssen", bekam er zur Antwort. „Denn dies ist die Bedingung."

Grübelnd legte der Mann seine Stirn in Falten, betrachtete den Kamin und die klammen Holzscheite. Schließlich kniete er nieder und kramte in seinem Bündel. Er nahm das Buch heraus und blätterte versonnen in den vergilbten Seiten, als ob er sich eine letzte Erinnerung an all die vergangenen Träume bewahren wollte. Es fiel ihm schwer, sich zu entscheiden, welche Seiten seines Buches er herausreißen sollte. Er beschloss, einen seiner dunklen Träume herauszureißen, knüllte die Seiten zusammen und stopfte sie unter das klamme Kaminholz. Vorsichtig rieb er seine Feuersteine gegeneinander und blies sacht auf die aufglimmende Lunte. Erst als die Glut kräftig genug war, hielt er sie an das zerknitterte Papier. Winzige Flammen wurden geboren, fanden Nahrung und züngelten hoch, leckten am feuchten Kaminholz, kämpften zischend und qualmend mit herabfallenden Tropfen, rafften sich immer wieder auf, um erneut zu versuchen, ihre heißen Zungen mit dem bereitliegenden Holz verschmelzen zu lassen.

Doch noch waren die Scheite zu klamm. Die wenigen Seiten aus dem Traumbuch des Mannes reichten nicht, um in dem frostigen Kamin ein Feuer zu entfachen.

„Es wird dir ebensowenig gelingen, wie all den anderen", sagte die Frau, die ihn genau beobachtete. „Das Feuer wird erlöschen, noch bevor es richtig zu brennen begonnen hat."

Jetzt nahm sich der Mann nicht mehr die Zeit nachzuschauen. Hastig riss er noch einige Seiten aus seinem Buch und stopfte sie unter das Kaminholz. Endlich fanden die Flammen genügend Nahrung. Sie umloderten das Holz und entzündeten es.

Mit dunkel lächelnden Augen sah ihm die Frau erfreut zu. Und als sie ihn so anlächelte, spürte der Mann, wie ihm warm wurde in seinem Innern. Aus dem kleinen Lederbeutel mit den Duftkräutern griff er sich einige getrocknete Blätter und zerrieb sie über der Glut. Langsam begannen diese zu glosten, und ihre eindringliche Kraft füllte den Raum.

Die Frau setzte sich neben den Mann und umarmte ihn liebevoll. Gemeinsam sahen die beiden den nunmehr kräftig lodernden Flammen zu, die sich in die knackenden Holzscheite fraßen und langsam den großen Raum erwärmten.

Die ganze Nacht brannte das Feuer. Und während der ganzen Nacht lagen die Frau und der Mann davor, freuten sich am wilden Spiel der Flammen und wärmten sich an der heißen Glut.

Erst als der Morgen schon graute, schliefen sie ein.

Liebevoll umsorgte die Frau den Mann nach dem Erwachen und lud ihn mit freundlichen Worten ein, sich am Abend wieder hier, vor dem Kamin zu treffen. Danach verließ sie ihn.

So ging es Tag für Tag, Abend für Abend, Nacht für Nacht. Seite um Seite riss der Mann aus seinem geliebten Buch mit den vergilbten Blättern. Er übergab Traum um Traum dem Feuer und sorgte dafür, dass die Flammen lodernd brannten, denn die Frau hatte ihm bedeutet, dass er nicht hier bleiben könne, wenn ihm dies nicht mehr gelänge. Jedesmal, wenn die beiden vor dem Kamin zusammenlagen, glaubte der Mann, ein wenig mehr hinter die dunklen, traurigen Augen der Frau sehen zu können. Ein kleiner Funke schien darin zu wachsen, ein winziger Stern, aus der Kraft der Wärme geboren. Wenn er dies sah, opferte er gerne noch ein Blatt aus seinem Buch, um dem Feuer mehr Nahrung zu geben.

Traum um Traum verbrannte der junge Mann im Kamin des kleinen Schlosses, um das klamme Holz zu entzünden und den Raum zu wärmen. Und immer legte er noch einige seiner selbstgesammelten Kräuter auf die Glut, um die Frau mit ihrem Duft zu erfreuen.

Er war glücklich und zufrieden bis zu jenem Abend, als es keine Seite mehr in seinem Traumbuch gab. Verzweifelt versuchte der Mann mit Feuersteinen und Lunte ein Feuer zu entzünden. Doch die Feuchtigkeit des Holzes besiegte jeden kleinen Funken, und die spärliche Glut war viel zu schwach für die klammen Scheite.

•

An dieser Stelle der Geschichte hält der Erzähler immer inne, als ob er seinen letzten Worten nachlauschen oder den Menschen Zeit geben wolle, nochmals zu fühlen, was sie soeben gehört hatten.

Erst wenn die Stille durch leises Tuscheln oder Füßescharren gestört wird, weiß er, dass alle auf den Fortgang der Geschichte warten und fährt fort:

„Hohnlachend fuhr die Frau den Mann an jenem Abend an: „Ich habe es doch gewusst! Auch du bist einer, der mein Schloss und mich nicht wärmen kann. Hinaus mit dir. Du bist meiner nicht würdig."

Der Mann blickte ihr in die Augen und erfror fast in dieser tiefen, traurigen Hoffnungslosigkeit. Keinen lebendigen Funken konnte er darin entdecken, auch nicht den winzigen Stern, den er glaubte in den Abenden und Nächten gemeinsam mit der Frau geboren zu haben. Schmerzhaft wurde ihm bewusst, dass dieses lebendige Funkeln, dieser kleine hoffnungsvolle Stern nur ein Abbild des Kaminfeuers gewesen war, welches sich in den Augen der Frau gespiegelt hatte; niemals etwas, was hinter dem unergründlichen Schwarz ihrer Augen wirklich geboren worden war und weiter keimen wollte.

Wortlos verließ der Mann das Schloss wie so viele vor ihm. Voller Trauer, verwirrt und ohne Hoffnung, stolpert er seither durch sein Leben, denn in jenem Schloss auf dem namenlosen Hügel hat er all seine Träume zurückgelassen, und ohne Träume gibt es für niemanden Hoffnung, und ohne Hoffnung ist kein Leben möglich."

•

Hier schweigt der wandernde Märchenerzähler wieder und blickt in die stille Runde der Zuhörer. Vor allern, in die schreckgeweiteten Augen der Kinder und der jungen Liebenden, denn er weiß, dass diese sich einen anderen

Schluss der Geschichte wünschen. Und so fährt er nach einiger Zeit fort:
„Oftmals, viel zu oft, geschieht es, wie ich euch eben berichtete. Doch es gibt auch eine andere Überlieferung, und diese will ich euch nicht verschweigen. So hört denn ...

•

An jenem Abend, als der Mann seinen letzten Traum dem Feuer opferte und sich hilflos umschaute, um neue Nahrung für die kärglichen Flammen zu finden, welche die klammen Holzscheite im Kamin nicht entzünden konnten, erhob sich die Frau, legte ihren Arm um ihn und bedeutete ihm, sich an den Tisch zu setzen, Wortlos ging sie aus dem Raum. Nach kurzer Zeit kehrte sie wieder, setzte sich neben ihn und legte viele unbeschriebene Blätter auf den Tisch. Erstaunt sah der Mann ihr in die Augen. Und darin konnte er wirklich, hinter all der dunklen Traurigkeit, einen kleinen, lebendigen Funken sternengleich blitzen sehen. Die Frau gab dem Mann einen Stift: „Schreibe", forderte sie ihn auf, „du bist darin geübter. Ich werde dir meine Träume erzählen, damit sie uns von nun an wärmen."
Der Mann schrieb und schrieb, was die Frau ihm erzählte. Und immer, wenn das Kaminfeuer zu erlöschen drohte, nahm die Frau einige der beschriebenen Blätter und entfachte aufs Neue die Glut.
So ging es Abend für Abend, Nacht für Nacht. Und der winzige Stern in den dunklen, hoffnungslosen Augen der Frau wuchs und begann zu strahlen, bis die Frau eines Abends zu dem Mann sagte: „Nun habe ich dir all meine Träume erzählt, und wir haben sie gemeinsam dem Feuer gegeben, damit sie uns warmhalten in langen dunklen

Nächten." Dabei lachte sie ein strahlendes, funkelndes Lachen, wie es der Mann noch nie bei ihr gesehen hatte.

„Und nun?" fragte der Mann, verwirrt über dieses Lachen.

„Nun ist es an der Zeit", sagte die Frau, nahm ihn in ihre Arme und zog ihn hinunter zum Kamin, wo ein kräftiges Feuer prasselnd reichlich Nahrung fand, „unsere gemeinsamen Träume zu leben, bevor sie uns entgleiten."

•

„Niemals wieder", so schließt jeder wandernde Märchenerzähler, woher er auch kommen und wohin er auch gehen mag, „niemals wieder gab es in jenem kleinen Schloss auf dem namenlosen Hügel im namenlosen Wald, klamme Holzscheite.

Denn wer gemeinsam zu träumen vermag, wer die tanzenden Sterne in den Augen seines Gegenüber sehen kann und sehen will, der wird ein Feuer entzünden, welches jeden noch so kalten Winter überdauert."

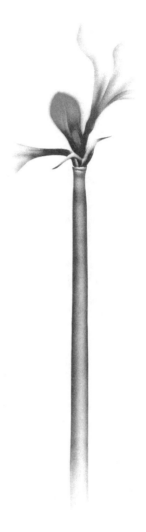

FEUERBLUME

Dies geschah zu der Zeit, als Dalan der Abenteurer noch jung an Jahren und arm an den Erfahrungen war, welche nur durch das Leben selbst gelehrt und gelernt werden. Damals, so erzählt Dalan es heute jedem, der es hören will, damals war das Land weiter und die Erde fruchtbarer; in der Luft flirrte lockender Trommelruf hin zu Unglaublichem, gerade einen kleinen Schritt hinter dem Horizont; die Quellen sprudelten in unbekümmertem Reichtum, das Meer war salziger und voll erfüllter Sehnsüchte; selbst die Feuer loderten heißer und wilder als heute.

Es war die Zeit, als Dalan der Abenteurer unterwegs war, die Welt zu erkunden, ihre Höhen und Tiefen, ihre Wunder und Geheimnisse.

Damals aber, und das erzählt Dalan nicht so gerne, damals war er ein Hitzkopf, der die Waffen sprechen ließ, bevor er nachdachte, zuhörte oder gar redete. Die Spelunkenwirte rieben sich zufrieden die Hände, wenn er zu ihnen kam, und kein Weiberrock war sicher vor seinen Nachstellungen.

Eines Tages nun führte Dalans Weg zur Stadt am Meer, in welcher der alte Märchenerzähler Oyano zu Hause ist. Gerne bot dieser ihm eine Unterkunft und ein weiches Lager, liebte er es doch, abenteuerliche Geschichten erzählt zu bekommen.

Als die beiden, wie schon in den Tagen zuvor, unter dem uralten Lebensbaum vor Oyanos Haus saßen, sagte der alte Märchenerzähler: „Es gibt einen Garten in der Wüste, so prächtig und schön, dass kein Lied ihn jemals in all seiner Vollkommenheit besingen kann. Dies ist der Garten der Elemente. Darin wächst eine Blume, so einzigartig wie sonst nirgendwo. Wer sie jemals sah, darf sich wahrhaft glücklich schätzen, denn sie blüht nur ein einziges Mal. Dann vergeht sie."

„Das ist mir wohlvertraut", scherzte Dalan und betrachtete wohlgefällig den wiegenden Gang einer jungen Magd, die mit einem Wasserkrug auf dem Kopf, an ihnen vorbeischritt. „Auch ich habe schon Blumen gepflückt, die nur eine Nacht blühten. Darum aber sind sie nicht weniger schön gewesen."

Oyano sah der jungen Frau lächelnd nach und erzählte weiter: „Wer die Feuerblume blühen sah, der sieht die Welt mit anderen Augen und weiß um die Geheimnisse der Liebe."

„Ich kenne alle Kniffe und Geheimnisse der Liebe", prahlte Dalan.

Der alte Märchenerzähler gab gut gelaunt zurück: „Ich höre einen jungen Hahn, der noch nicht weiß, dass diejenigen, welche am lautesten krähen, am ehesten im Suppentopf landen."

Ein wenig verstimmt lehnte sich Dalan zurück, während Oyano weitersprach: „Nicht ohne Gefahr ist es, nach der Feuerblume zu suchen, denn wundersame Dinge erzählt man sich von diesem Garten."

„Gefahren beim Blumenpflücken?" Dalan lachte. Doch dann kam er ins Grübeln. „Warst du in dem Garten und hast die Feuerblume blühen sehen?" wollte er wissen.

Der alte Märchenerzähler nickte versonnen.

„Und welche Gefahren musstest du bestehen?" Dalan war nun doch neugierig geworden.

„Es gibt Erfahrungen, von denen kann nicht wirklich erzählt werden, da sie jeder anders erlebt," antwortete Oyano. „Aber das Blühen der Feuerblume hat sich in mein Herz gebrannt und schenkt mir heute noch Kraft."

„Das Blühen einer Blume?" Ungläubig schüttelte Dalan den Kopf.

„Nicht einer Blume", lächelte der alte Märchenerzähler den Abenteurer an. „Das Blühen der Feuerblume!"
Dalan schaute hinauf zu den Wurzeln des Lebensbaumes. „Nun gut", brummte er nach einiger Zeit. „Zeig mir den Garten."

Es dämmerte, als der Märchenerzähler und der Abenteurer aus der Stadt ritten. Der aufsteigende pralle Mond am Horizont schimmerte matt und geheimnisvoll wie eine große Perle, die in sich alle Sehnsucht dieser Welt birgt. Dalans Hengst tänzelte unruhig auf dem schmalen Pfad hinter Oyanos Maultier her, das schlafwandlerisch seinen Weg durch die beginnende Nacht fand.

Die beiden überquerten sieben Hügel und ritten auf sieben Brücken über sieben Flüsse, wobei der letzte Fluss eher ein Bach und die letzte Brücke eher ein Steg war. Dann durchquerten sie einen Sumpf und kamen schließlich zu einer Wüste. Dalan ließ seinem Hengst die Zügel schießen, um davonzupreschen, hinein in die verlockende Weite, bis hinter die scharfgezeichnete Kimm des Horizonts. Doch Oyanos Ruf hielt ihn zurück: „Wer hastet, statt zu schauen, wird nichts sehen!"

Der Märchenerzähler stieg von seinem Maultier und setzte sich in den Sand der Wüste.

Dalan zügelte sein Pferd. „Was ist?" rief er. „Du wolltest mir doch zeigen, wo die Feuerblume blüht."

„Ja", gab der Märchenerzähler zurück. „Gerade das will ich tun." Wie von Zauberhand entzündet, prasselte vor Oyano ein kleines Feuer. Auf einer ausgebreiteten Decke lagen frisches Brot, Käse, Schinken, Trauben und vielerlei Köstlichkeiten. Daneben stand ein Krug mit Wein. Dalan stieg vom Pferd und trat zu dem Märchenerzähler.

„Wie hast du das jetzt wieder gemacht?" wollte er wissen und sah ungläubig zwischen dem Feuer, der ausgebreiteten Decke und dem Märchenerzähler hin und her.

„Setz dich." Oyano brach das warme Brot.

„Wo ist der Garten?" Dalan sah sich in der Einöde um.

Oyano reichte das Brot Dalan. „Eine hohe Mauer schützt diesen Garten vor neugierigen Blicken. Die Pforte, die hineinführt, hat keinen Griff oder Riegel. Geöffnet werden kann sie nur von innen."

„Aber, ich weiß immer noch nicht ...", begann Dalan, doch Oyano reichte ihm einen Becher Wein.

„Trink!", unterbrach er ihn. Dalan nahm den Becher. Hoch stand der Mond am Himmel. Die fragenden Augen Dalans wurden immer größer.

Der alte Märchenerzähler deutete in die nächtliche Wüste. „Wenn dir die Pforte geöffnet wird, findest du in diesem Garten vielleicht die Feuerblume. Und nun geh!"

Dalan wandte sich um und sah im weichen Licht des Mondes einen mauerumsäumten Garten, der zuvor nicht dagewesen war. Mit einem Satz war er auf seinem Pferd, hieb ihm die Fersen in die Seiten und spornte es zu einem wilden Galopp an.

Der alte Märchenerzähler stopfte sich seine Pfeife, deren Mundstück zerbissen und zernagt war von langen Nächten allein mit dem Mond und all den fernen Sternen. Er lächelte Dalan hinterher, der wie ein gespenstischer Schatten durch die Stille der Wüste hetzte. Doch so sehr Dalan seinen Hengst auch antrieb, er kam dem Garten nicht näher. Ja, es war so, dass dieser sich immer weiter entfernte, je schneller der Abenteurer seinen Hengst antrieb. Schließlich zügelte er den wilden Galopp und trabte zurück zu Oyano.

„Also gut", sagte der Abenteurer und beugte sich zu dem alten Märchenerzähler hinunter. „Was habe ich nicht beachtet?"

„Du sitzt auf einem hohen Ross", murmelte Oyano, und weiße Schäfchenwolken stiegen aus seiner Pfeife. „Wundert es dich, dass ein einzigartiger Garten wie dieser flieht, wenn du daherpreschst und dein Pferd alles zertrampelt, was ihm unter die Hufe kommt?"

Murrend stieg Dalan aus dem Sattel und machte sich auf zur Pforte des Gartens, der nun wieder, nur wenige hundert Schritte entfernt, zu sehen war.

Die Pforte war gerade so groß, dass Dalan, ohne sich zu bücken, durch sie hindurch hätte gehen können, wäre sie nicht geschlossen gewesen.

Sie ist nicht besonders stark gebaut, dachte Dalan, als er davorstand. Ein Fußtritt vielleicht, ein Schwerthieb, dann wäre sie für mich geöffnet. Doch er ließ sein Schwert in der Scheide und betrachtete die Ornamente, die, ineinander verschlungenen Nattern gleich, in die Pforte gekerbt und geschnitten waren. An einer Stelle waren harzige Tränen aus dem Holz gequollen. Zögernd legte Dalan seine Hand darauf, als wolle er einen Wundschmerz lindern. Die Ahnung eines vertrauten Tones erklang tief in seinem Herzen. Lautlos schwang die Pforte auf.

Ein schmaler Pfad führte hinein in ein vielfältig verschlungenes und verwachsenes Gestrüpp von Blumen, Sträuchern, Büschen, Bäumen. Schon nach wenigen Schritten hatten die dunklen Schatten Dalan aufgesogen, und der Abenteurer irrte umher, bis die Vorboten der Sonne über den Rand der sichtbaren Welt blinzelten. Es war nicht mehr Nacht und noch nicht Tag. Staunend sah sich Dalan um. Nirgendwo hatte er jemals solch farbenprächtige und vielfältige Pflanzen gesehen. Während der Morgenhimmel in lichtem Blau die aufgehende Sonne erwartete, erwachte die Natur wie aus tausendjähriger

Verzauberung. Vögel sangen sich die Kehlen heiser, der Wind wisperte und raunte in den Blättern und Zweigen, überall in Büschen und Sträuchern, hinter Bäumen und Felsen raschelte es. Ein Wasserfall rauschte neben Dalan über einen Felsen. Er beugte sich nieder, trank von dem klaren Wasser und erfrischte sich.

Als er sich aufrichtete, sagte eine Frau, welche zwischen zwei Augenzwinkern erschienen sein musste: „Willkommen in meinem Reich, Fremder."

Dalan war so überrascht, dass er nichts als lächeln konnte. Die langen Wellen ihrer Haare flossen weit über die Schultern der Frau hinab und umschmeichelten ihre Hüften. Algengrün leuchteten ihre Augen, und vor der aufgehenden Sonne schien es, als bade in dem Wasserfall hinter ihr ein schillernder Regenbogen. Es war Dalan, als hätte sie nichts auf dem Leib, als eine funkelnde Kette wilder Perlen.

„Wer bist du?" brachte er schließlich über die Lippen.

„Die Wasserfrau", bekam er Antwort. „Aber sollte nicht ich fragen, wie dein Name ist und was dich hierher treibt?"

Dalan erzählte sein Woher, und dass er hier sei, um die Feuerblume zu finden. Lachend lud die Frau ihn ein, mitzukommen in ihr Haus. „Schon oft hat die Feuerblume geblüht in diesem Garten, doch es ist schwierig, sie zu finden. Ich werde dir bei deiner Suche helfen."

Gern nahm Dalan diese Einladung an, vor allem, als die Wasserfrau nähergetreten war, um ihm freundlich die Hand zu reichen. Die Perlen um ihren Hals funkelten noch wilder, als er auf den ersten Blick vermutet hatte.

Die Wasserfrau legte einen Finger auf die Schneide seines Schwertes. Eine kleine, algengrüne Kerbe leuchtete in der makellosen Klinge.

„Ohne mein Zeichen, wirst du mich nicht begleiten können!" erklärte sie dem erstaunten Dalan und zog ihn hinter sich her zum Wasserfall. An ihrer Hand schritt er hindurch und auch durch die Felsen, welche weich wurden und sich öffneten, als die Wasserfrau sie berührte.

Dalan fand sich wieder in einem Teich, dessen Tiefe ihn erschreckte und dessen Wärme ihn überraschte. Sachte wiegend, trieb in seiner Mitte das Haus der Wasserfrau. Aus Tang und weichem Schilf war der Boden geflochten. Die hohen Decken wurden getragen von Säulen, ganz aus weißem Meerschaum. Muscheln und die Panzer von Krebsen bildeten ein farbenprächtiges Dach.

Und das breite Lager, das in der Mitte des weiten Gemaches stand, war aus reinstem Perlmutt gefertigt. Das Laken, gesponnen aus weißer, warmer Gischt, wogte Dalan und der Wasserfrau entgegen.

Salz fand der Abenteurer auf ihren Lippen und ein wenig Tanggeruch in den langen Haaren. Ihre Haut war warm und weich wie das Südmeer. Zwischen ihren Brüsten glaubte Dalan in blühenden Seerosen zu baden. Dann umfing ihn die Wasserfrau. Der Abenteurer tauchte hinab zu ihrem Nabel, trank ihn leer und fühlte sich seltsam benommen nach diesem betörenden Genuss. Er versank in einem geheimnisvollen See, der ihn auf seinen Grund lockte, als läge da ein Edelstein aus dem fernen Samarkand mit wundersamer Zauberkraft.

Und als Dalan ankam, dort, wo er glaubte hinzuwollen, kämpfte er um Atem, in all dem, was ihn überflutete und wollte doch nichts lieber als ertrinken.

Als er am Morgen erwachte, sagte die Wasserfrau: „Du kannst bei mir wohnen, solange du willst. Doch du musst versprechen, mir nicht zu folgen, wenn ich gehe, mein Reich zu ordnen!"

Dalan versprach, dies Gebot nicht zu verletzen, denn es schien ihm nicht schwer, sich daran zu halten.

Die Wasserfrau herrschte über Quellen und Seen, Bäche, Flüsse und Meere. Sie führte Dalan durch ihr Reich, und jeden Tag gab es viel Neues zu entdecken für den Abenteurer, aber auch Altbekanntes neu zu sehen. Doch den Ort, wo die Feuerblume blüht, fanden die beiden nicht, obwohl sie Gast waren in unzähligen Quellwohnungen, kleinen und großen, wild sprudelnden, welche mächtige Flüsse gebaren und anderen, die nur leise murmelten und doch Rinnsale zeugten, die dahinschlängelten und Fruchbarkeit mit sich führten, bis weit in karstiges Land.

Die Wasserfrau nahm Dalan mit zu Ebbe und Flut, und auf dem Rücken flinker Tümmler erkundeten sie die sieben Meere. Aber auch dort fanden die beiden die Feuerblume nicht.

Des Nachts jedoch entdeckte Dalan die Gezeiten der Leidenschaft und die Quellen der Lust. Er ließ sich treiben in grenzenlosen Strömen der Begierde, wurde mitgerissen von reißenden Wildbächen und ruhte in moorigen Waldseen.

„Wer auf den Grund der Dinge will, muss lernen, ganz hinabzusinken", sagte die Wasserfrau und zeigte ihm die tiefsten Tiefen ihres Reiches.

Und dort lernte Dalan, den Gesang der Gezeiten, jenes beständige Rauschen und Wogen zu hören, ohne das kein Leben wäre auf der Welt.

Kein Tag war wie der andere und keine Nacht wie jene, welche zuvor vom Rollen der Wellen zugedeckt worden war.

„Daran könnte ich mich gewöhnen", murmelte Dalan oft, bevor er in einen wohligen Schlaf fiel, den Leib der Wasserfrau an seinem.

Und so hätte es sein können bis zum Ende aller Tage.

Doch Dalan wäre nicht Dalan der Abenteurer gewesen, wenn in ihm nicht immer brennender der Wunsch gewachsen wäre zu wissen, wohin die Wasserfrau ging, und was sie wohl tat, in den Nächten, in denen er ihr nicht folgen durfte.

Vielleicht sind es gerade diese Nächte, in denen die Feuerblume blüht, dachte er sich. Und so schlich er ihr eines Nachts hinterher.

Die Mondsichel hatte erst einen schmalen Riss in das dunkle Himmelstuch geritzt, doch im Licht der unzähligen Sterne fiel es Dalan leicht, der Wasserfrau zu der großen Quelle zu folgen. Oft waren sie gemeinsam darin eingetaucht. Die Wasserfrau legte ihre Kleider ab und setzte sich vor die Quelle. Fast wäre Dalan aufgesprungen, um sie in seine Arme zu nehmen. Aber da wuchsen die Perlen an ihrem Hals zu dicken, unförmigen Blasen, die mit ungeheuerlichem Platzen zersprangen. Wesen krochen aus ihnen, schrecklicher, als Dalan es sich jemals vorzustellen gewagt hätte: furchterregende Seeschlangen und riesenhafte Kraken, Klabautermänner mit steinernen Herzen und böse tanzende, kalt leuchtende Irrlichter.

Blind vor Angst stürzte der Abenteurer zurück ins Haus der Wasserfrau, griff sich sein Schwert und hastete davon, so schnell er konnte.

Dalan wusste nicht, wann er endlich eingeschlafen war. Als er die Augen öffnete, war es heller Tag. Eine blumenbekränzte Frau stand vor ihm und lächelte ihn an. Weizenblond lockten die Haare über Gesicht und Schultern. Dunkel wie fruchtbarer Ackerboden schimmerte ihre Haut. Blumenkränze schmückten sie und bunte Blätter lagen über ihren vollen Brüsten. Sie wippten ein wenig, als die Frau sich zu dem Abenteurer beugte. Ein eben geborener, taufrischblauer Frühlingsmorgen wäre trübe verblasst neben ihren dunkelbraunen Augen.

„Wer bist du?" fragte Dalan und versuchte sich aufzurichten. „Und wie kommst du hierher?"

„Ich bin die Erdfrau", bekam er Auskunft. „Aber sollte nicht ich dich fragen, was dich hierher treibt?"

Dalan erzählte von seinem Woher, und dass er nach der Feuerblume suche in diesem Garten.

„Ich werde dir bei deiner Suche helfen", sagte die Frau, während sie einen Finger auf Dalans Schwert legte. Eine braune Furche war in die Klinge gekerbt. Gerade so, als habe ein Pflug fruchtbare Krume freigelegt. Die Erdfrau nahm Dalan bei der Hand und zog ihn auf versteckten Pfaden hinter sich her, bis das dichte Gestrüpp einer kleinen Lichtung wich. Mächtige Bäume wurzelten hier. Uralt mussten sie sein. Dazwischen stand ein prachtvolles Haus aus meisterlich gefugtem Marmor und fein gedrechselten Hölzern.

„Du kannst mein Gast sein, solange du willst", sagte die Erdfrau. „Alles sei dir erlaubt bei mir, nur eines nicht! In den Nächten, wenn ich gehe, mein Reich zu ordnen, darfst du mir nicht folgen!"

Dalan nickte. Gegen dieses Gebot wollte er bestimmt nicht verstoßen.

Mit duftenden Kräutern war der Boden des Hauses bedeckt. Blüten bildeten darauf ein farbiges Muster. Dalan war sich sicher, hier würde er die Feuerblume finden. In einer Ecke des Raumes stand ein breites Lager aus reinstem Gold. Silbern glänzte das Laken, und auf die Decke waren Edelsteine gestickt. Die Erdfrau bat Dalan an eine steinerne Tafel und bewirtete ihn mit den ausgesuchtesten Köstlichkeiten.

Als sie sich später in Armen hielten, glaubte Dalan, den beginnenden Frühling zu umfassen. Das weizenblonde Haar roch nach einer blühenden Wiese am frühen Morgen, gerade wenn die Sonne aufgegangen ist und ihre ersten Strahlen durch schillernde Tautropfen taumeln. Der Hals trug an sich jene Ahnung des ersten warmen Regens, welcher den letzten Schnee des Winter mit sich nimmt. Mit geschlossenen Augen roch sich Dalan weiter. In ihren Achselhöhlen glaubte er sich einem Bienenstock nahe, so leicht der Duft nach Honig auch war. Der Atem von Waldboden, auf den nach langer Zeit ein warmer Regen fällt, ließ Dalan schließlich innehalten. Er verlor sich darin, wie in einem wundervollen, magischen Garten, dessen Ausgang er gar nicht finden wollte.

Als er am nächsten Morgen erwachte, hörte er die Erdfrau vor dem Haus lachen und rufen: „Komm mit! Lass uns auch den Tag nutzen!"

Wie lange Dalan bei der Erdfrau blieb, wusste er später nicht zu sagen. Kein Tag glich dem anderen und keine Nacht der vorhergehenden. Wenn die Erdfrau ihn mitnahm, ihm ihr Reich zu zeigen, keimten die Knospen, öffneten sich die Blüten, wisperten die Blätter der Bäume ihr freudig entgegen. Sie waren zu Gast bei Zwergen und Gnomen, und in den Häusern der vier Jahreszeiten wurden sie reichlich bewirtet. Als Dalan das Herz der Erde zum ersten Mal schlagen hörte, wurde er überwältigt von diesem ruhigen, beständigen Lied.

„Wer das Herz der Erde vernehmen kann, der weiß, wo alle Wurzeln wurzeln", erklärte die Erdfrau dem Abenteurer.

Doch die Feuerblume fand Dalan nicht, obwohl er jeden Tag Unbekanntes erfuhr oder Altvertrautes anders zu sehen lernte und vielerlei Blumen und Blüten entdeckte. Und in den Nächten, das sei nicht verschwiegen, gab es auch mancherlei, was ihm bislang nicht so oder gar nicht bekannt gewesen war.

„Daran könnte ich mich gewöhnen", murmelte der Abenteurer oft, bevor er in einen wohligen Schlaf fiel, das gleichmäßig schlagende Herz der Erdfrau dicht an seinem.

So hätte es weitergehen können, bis ans Ende aller Tage. Doch der gefräßig nagende Zahn der Neugier bohrte sich immer spitzer in Dalans Gedanken. Zu gerne hätte er gewusst, wohin die Erdfrau ging und was sie tat, in jenen Nächten, wenn sie ihn verließ, um ihr Reich zu ordnen. Vielleicht, so dachte er, geht sie dann dorthin, wo die Feuerblume blüht und will ihren Zauber nicht mit mir teilen.

So kam es, wie es kommen musste.

Eines Nachts schlüpfte der Abenteurer der Erdfrau hinterher in die Dunkelheit und stellte ihr nach, wie einem scheuen Wild. Diese schritt sicher durch die Dunkelheit, auf einem Pfad, den nur sie sah und kannte. Dalan hatte Mühe, ihr zu folgen. Doch er war ein erfahrener Jäger, und so entkam sie ihm nicht. Bei fünf hohen Steinen, die sich in einem gezackten Kreis gegenüberstanden, sank die Erdfrau auf die Knie, das Gesicht zum halben Mond erhoben. Schwarze Wolken schoben sich über den Himmel. Donner grollte von weit unter dem Horizont und brach die dunkle Stille.

Eigentümliche Laute drangen zu Dalan. Behende stieg er auf einen alten Baum und verbarg sich hinter einer dichten Mistel. Inzwischen zischte und geiferte, knurrte und fauchte es bei den Steinen, die nun in unwirklichem Licht zu leuchten begannen.

Als Dalan die Erdfrau darin wieder erkennen konnte, stolperte sein Herz vor blankem Entsetzen. Zu Giftschlangen waren die Blütenkränze in ihren Haaren geworden. Grausige Schattengestalten umtanzten die Erdfrau und sangen ihr ein Lied. Die vier Jahreszeiten schlugen dazu mit Knochen auf Trommeln, deren Häute zum Zerreißen straff gespannt waren.

Dalan zitterte am ganzen Leib bei diesem Takt.

Die Erdfrau schritt nun aus dem Kreis der Steine, hinein in die Fülle des wuchernden Gartens. Wo sie ging, verblühten die Blumen, warfen die Bäume vertrocknete Blätter zu Boden, moderten die Wurzeln der Sträucher, raffte Tollwut die Tiere dahin.

Dalan stürzte zurück in das Haus der Erdfrau, nahm sein Schwert und stob in die Nacht, als sei eine Horde ausgehungerter Kannibalen hinter ihm her.

Er hastete davon und voran, bis er schließlich keuchend niederfiel. So lag er lange in der dunklen Nacht, bis ihn eine Frauenstimme aus seiner Erschöpfung riss.

„Du scheinst müde zu sein vom vielen Gehen, Fremder."

Dalan war zwar noch jung an Jahren, doch er hielt die Augen fest geschlossen, wusste er doch, was ihn wohl erwartete, würde er sie öffnen. Aber auch mit geschlossenen Augen sah er eine vollkommene Frau vor sich stehen, mit strahlend blauen Augen, Haaren, in denen der Wind sein Zuhause hat und einem Lachen, das den großen Möwen ein ehrfürchtiges Flügelschlagen abverlangt. Bunte Federn waren in ihre Haare geflochten und Sternenstaub schimmerte auf ihrer Haut.

„Ich bin die Luftfrau", sagte die Frau.

Sie beugte sich zu Dalan und nahm dessen Schwert. In ihrer Hand schien es leichter als die Daune einer Nordwindente.

„Du warst bei meinen Schwestern, wie ich sehe." Sie legte einen Finger unter die Kerben, welche darin leuchteten. Als sie das Schwert Dalan zurückreichte, glomm in dessen Schneide eine kleine blaue Kerbe, so licht, wie das Flimmern eines sonnentrunkenen Abends im Frühherbst.

„Komm mit mir", sagte die Luftfrau und nahm ihn in ihre Arme. Dann flogen die beiden davon, in die Nacht hinein, zu ihrem Haus. Das hatte seinen Platz zwischen einigen aufgehäuften Wolken und war gebaut aus dem Atem der vier Winde, mit Sternschnuppen als Säulen und dem Geflüster weicher Vogelschwingen im hohen, bunten Dach.

Dalan war atemlos vor Staunen und, wer weiß, vielleicht wäre er sogar erstickt, wenn ihn die Luftfrau nicht geküsst und zu ihrem Lager geführt hätte. Aus Adlerfedern war das Laken, und luftige Daunen luden zu schwerelosem Flug ein.

Dalan wollte nicht erwachen am nächsten Morgen. Hier, zwischen Himmel und Erde, lässt es sich gut sein, dachte er schlaftrunken.

Doch die helle Stimme der Luftfrau riss ihn aus den Träumen, denen er noch nachhing.

„Lass uns auch den Tag nutzen", rief sie. „Komm, ich will dir mein Reich zeigen. Vielleicht findest du die Feuerblume."

Sie nahm Dalan mit zu den Heimstätten der vier Winde, sie waren zu Gast in Adlerhorsten und Falkennestern. Und so manche Nacht flogen sie hinaus in die unendliche Weite des Universums, strandeten an nie gesehenen Planeten, klammerten sich fest an funkenstiebende Sternschnuppenschweife und freuten sich über den funkelnden Kometenstaub, der ihre Körper einhüllte.

Dalan lernte, den Sphärenklang des Himmels zu vernehmen und sich seinem Takt zu beugen.

„Nur wer dem Atem der Winde vertraut, wird auch von ihnen getragen", erklärte die Luftfrau dem Abenteurer geduldig.

„Daran könnte ich mich gewöhnen", sagte Dalan oft, wenn sie von solch einer nächtlichen Reise zurückkehrten, in das Haus zwischen den Wolken. Dann schloss er die Augen und spürte sich durch die verborgensten Regionen der Luftfrau. Jeden Tag erfuhr er Neues und auch des Nachts, lernte er vieles, was ihm seither unbekannt gewesen. Die Feuerblume aber fand Dalan nicht im Reich der Luftfrau, und manchmal war ihm die Suche danach auch nicht mehr wichtig.

Die Luftfrau hatte Dalan ebenfalls das Versprechen abverlangt, ihr nicht zu folgen, wenn sie ging, ihr Reich zu ordnen. Und wie schon zuvor, fand Dalan keine Ruhe in diesen Nächten. Immer quälender verlangte die peinigende Frage nach einer Antwort.

So kam es, wie es kommen musste.

Eines Nachts blieb Dalan nicht zurück, als die Luftfrau das Haus verließ. Er klammerte sich an einige Mondstrahlen, so wie er es gelernt hatte und folgte ihr. Diese brauste durch die Nacht wie ein tobender Kometenschweif, und Dalan hatte große Mühe, ihr nahezubleiben. Dann sah er, wie die Luftfrau in wildem Tanz wirbelte, schneller und schneller. Dämonische Vögel wuchsen aus den Federn in ihren Haaren, und ihr Sternenstaub gebar Wesen, die so schrecklich waren, dass Dalan bei ihrem Anblick zitterte. Die vier Winde erschienen mit donnernden Heerscharen, preschten aufeinander zu, hieben, stachen und bliesen sich in furchtbarem Kampf gegenseitig nieder.

Zum Glück fand Dalan eine Treppe aus weichem Mondlicht. Er suchte das Weite, bevor er in diesem Getümmel zu Tode kam.

„Nie wieder", nahm sich Dalan vor, „soll mir das geschehen!" In einer windgeschützten Ecke bereitete er sich ein Lager und schlief ein.

„Willkommen, Fremder", riss ihn eine warme Stimme aus einem erschöpften Schlummer voller Alpträume. „Mir scheint, dir ist kalt."

Dalan fuhr hoch.

Eine Frau stand vor ihm. Flammend rotes Haar fiel ihr weit über die Schultern. Ein Feuerstein versprühte Funken zwischen ihren Brüsten, und um ihre Hüfte wand sich ein kunstvoll geflochtenes, dünnes Band, das aus züngelnden Flammen gewirkt schien.

„Du warst schon bei meinen Schwestern, wie ich sehe", sagte die Frau und sah auf Dalans Schwert. „Ich bin die Feuerfrau, und werde dir helfen, die Feuerblume zu finden."

Sie beugte sich zu ihm herab, reichte ihm die Hände und half ihm auf. Der Abenteurer folgte der Feuerfrau zu ihrem Haus, welches in einem erloschenen Vulkan errichtet war. Aus Lava war es gebaut, und gebündelte Sonnenstrahlen trugen das Dach.

Die Decke des Lagers war gewoben aus Flammenzungen. Als Dalan darauf lag, glaubte er sich getragen von einer flimmernden Hitze. Er fühlte den flüsternden Hauch des Wüstenwindes auf seiner Haut und atmete die wärmende Glut heißbrennender Küsse. In den Armen der Feuerfrau suchte und fand Dalan all die Wärme wieder, die er sich wünschte für sein erschrockenes Herz.

„Du kannst bei mir bleiben, solange du willst", sagte die Feuerfrau zu Dalan am Morgen, „und wenn du wirklich bereit bist, werde ich dir zeigen, wo die Feuerblume blüht." Das ließ sich Dalan nicht zweimal sagen.

Die Feuerfrau gebot über Vulkane und Blitze, sie konnte in der Sonne baden, ohne Schaden zu nehmen und war vertraut mit den Feuern des Himmels und seinen Gesetzen. Sie nahm Dalan mit, ihm ihr Reich zu zeigen, und er lernte des Tags und bei der Nacht. Er lernte zu brennen, ohne zu verbrennen, er lernte zu glühen, ohne zu verglühen und zu lodern, ohne in Rauch aufzugehen.

„Da, wo die Dunkelheit am undurchdringlichsten scheint", sagte die Feuerfrau zu Dalan, „brennt oft das heißeste Feuer!" Der Abenteurer wurde von ihr in die schwärzeste Leere geführt, die er jemals gesehen und erlebt hatte. Und stets fand sich darin ein kleiner Funke, der zum Feuer wurde, welches hell aufloderte, wenn die beiden darin tanzten, bis sie erschöpft zurück auf das weiche Lager fielen.

In manchen Nächten ging die Feuerfrau, ihr Reich zu ordnen. Immer fragte sie den Abenteurer, ob er sie begleiten wolle. Doch der blieb lieber alleine zurück. An die Feuerblume dachte Dalan nicht mehr. Was sollte er sich auch eine Blüte ansehen, wenn eine Frau sein Feuer entfachte?

„Daran könnte ich mich gewöhnen", murmelte Dalan oft, bevor er in einen wohligen Schlaf fiel, den wärmenden Körper der Feuerfrau dicht an seinem.

Und so hätte es sein können, bis zum Ende aller Tage.

Doch eines Tages fragte ihn die Feuerfrau: „Bist du nicht in diesen Garten gekommen, eine ganz bestimmte Blume zu finden?"

Als Dalan sich ein wenig verlegen wand, sprach die Feuerfrau weiter: „Wenn du bereit bist, mir zu folgen, wirst du in dieser Nacht die Feuerblume blühen sehen."

Da erinnerte sich Dalan, weshalb er in den Garten der Elemente gekommen war. Er gürtete sein Schwert und folgte der Feuerfrau in die Dunkelheit. Der Mond schenkte seine Kraft der Rückseite der Welt, und auch die Sterne schienen sich in die große schwarze Leere geflüchtet zu haben. Der Stein zwischen den Brüsten der Frau aber sprühte Funken, und das Flammenband um ihre Hüfte züngelte hell in der Nacht, so dass Dalan ihr leicht folgen konnte. Tief in den Krater des erloschenen Vulkans wurde er geführt. Dort kauerte sich die Feuerfrau nieder und bedeutete Dalan, es ihr gleichzutun.

Sie begann, ihren Oberkörper zu wiegen. Langsam zunächst, dann wilder, heißer. Die langen roten Haare wirbelten um sie wie Funken über hochbrennenden Feuern. Tief im Innern des Vulkans, begann es dumpf zu grollen. Eine Wand des Kraters brach auf und rotglühende Magma legte einen Schleier aus Hitze über die Wirklichkeit. Die Steine schmolzen, und die Feuerfrau sagte zu Dalan: „Nun geh und sei bereit für die Blüte der Feuerblume."

Dalans Herz schlug, wie noch nie zuvor in seinem Leben. Doch seine Hand war ruhig, als er sich erhob und sein Schwert zog. Die drei Kerben in der Klinge leuchteten auf. Er sah noch einmal das Lächeln der Feuerfrau, dann loderte ihm ein riesiger Drache entgegen. Feuerspuckend, glutgeifernd, mit weit aufgerissenem Maul. Schon brannten Hemd und Hose Dalans lichterloh. Doch er hatte mit und von der Feuerfrau gelernt und dachte nicht daran zu fliehen. Da sah er, wie eine wilde Perle aus der algengrünen Kerbe an der Klinge wuchs. Und diese Perle blähte sich auf, und aus ihr schritten die Gezeiten, die lachend vor den Drachen traten. Zischend verdampfte das Untier. Unzählige kleine Tropfen kühlten die nackte Haut des Abenteurers, dessen Kleider vom Feueratem verbrannt waren.

Doch da kam Dalan ein zweiter Drache entgegen, größer noch und mächtiger als der erste. Wieder hob er sein Schwert und dachte nicht an Flucht, obwohl ihm der Feueratem dieses Drachens die Haare von Kopf und Körper brannte. Da sah er, wie aus der braunen Kerbe an seinem Schwert ein Samen wuchs, und aus dem schritten die vier Jahreszeiten, bei denen Dalan zu Gast gewesen war. Sie gingen dem Feuerdrachen entgegen, nahmen ihn in ihre Mitte und woben ihn ein in ihren gleichförmigen Tanz.

Nackt und ohne Haare stand Dalan nun da. Und wieder flog ein Drache auf ihn zu. Schrecklicher, als ein Menschentraum ihn gebären könnte. Sein Atem war loderndes Sonnenfeuer, das den Abenteurer zu verbrennen drohte, lange bevor er mit seinem Schwert gegen das Untier hätte kämpfen können. Und Dalan wusste, dieser Macht würde er nicht widerstehen können. Da wuchs aus der blauen Kerbe eine bunte Feder. Aus ihr schritten die vier Winde und stellten sich neben ihn.

„Nun aber los", riefen sie mit sturmtosenden Stimmen. Tief atmete Dalan mit ihnen ein, und dann blies er dem riesigen Feuerdrachen den heißen Atem in den eigenen Rachen zurück.

„Dass soviel heiße Luft in mir war, wer hätte das gedacht." Verwundert schüttelte der Abenteurer den Kopf. Alle zerstörende Glut verging, als dieser Drache die Flucht ergriffen hatte, und vor Dalan wuchs eine Blume, so einzigartig, wie er noch niemals eine gesehen hatte zuvor. Sie keimte in reinem Quellwasser, wurzelte tief in der Erde, ragte den Winden entgegen, und von einem Hauch himmlischer Glut war ihre Blüte geboren worden.

Als diese sich öffnete, verschwanden Raum und Zeit für den Abenteurer. Er sah sich in die Blüte fallen und verbrennen in ihrem verzehrenden Feuer. Doch dann sah er sich tanzen im Kreise von vier Frauen, die sich an den Händen hielten, und die er wohl kannte. Tanzen, wie er noch nie getanzt hatte. Und all die schaurigen Ungeheuer, die Schattengestalten und Drachen, die einen Kreis um die vier Frauen bildeten, tanzten ausgelassen mit.

•

„Das wurde aber auch Zeit", weckte ihn eine wohlvertraute Stimme. „Für meine alten Knochen sind die Wüstennächte zu dieser Jahreszeit kein Spaß mehr."
Verwirrt wandte sich Dalan um. Oyano saß neben ihm und klopfte seine Pfeife an einem von Sand und Wind rundgeschliffenen Stein aus. Einige Funken sprühten sternengleich in die Nacht.
„Aber ...?" stotterte Dalan und sah sich verwirrt um.
„Nur du kannst es wissen!" gab der alte Märchenerzähler Auskunft und deutete mit angezogenen Schultern in die Weite der Wüste.
Der Abenteurer sah nichts, außer einem großen Mond, der sich bereits dem Ende seines Weges durch die Nacht näherte und vor lauter Anstrengung und Freude auf den Morgen, ein wenig rot im Gesicht geworden war.
Dalan sah ihm nach, und seine Augen leuchteten.
„Gehen wir", sagte Oyano und stieg ächzend auf sein Maultier.
Der Mond warf sich gerade in die geöffneten Arme des beginnenden Tages, als der alte Märchenerzähler und der Abenteurer wieder durch die Wüste ritten und sieben Brücken und sieben Flüsse überquerten. Und als Mond

und Morgen in ihrer unermesslichen Lust die Sonne geboren hatten, da waren die beiden zurück in Oyanos Haus und saßen bei heißem Tee und süßem Gebäck unter dem alten Lebensbaum, der dort stand seit Zeiten, welche Zeiten gesehen haben, an die sich niemand erinnert. Dalan erzählte, bis die Schatten ganz klein waren, und die Sonne hoch im Zenit stand. Der alte Märchenerzähler nahm Dalans Schwert und sah auf die drei Kerben. Prüfend wog er die Klinge in seiner Hand. Dann ließ er sie durch die Luft wirbeln. Verwundert sah ihm der Abenteurer dabei zu. Er wusste wohl, wenn jemand eine gute Klinge gut zu führen vermochte. Doch Oyano führte sie meisterhaft. Die grauen Augen des alten Märchenerzählers glänzten in jugendlichem Übermut. Mit der rechten Hand fuhr er über die Klinge. Dann stieß er das Schwert vor Dalan in die Erde. Die Schneide glänzte wieder makellos.

„Du hast das Sterben gelernt", sagte Oyano zufrieden. „Nun kannst du auch das Leben lernen."

Eine junge Magd ging vorbei, den Wasserkrug auf dem Kopf mit einer Hand leicht stützend.

„Sie hat den Gang einer Königin", murmelte Dalan und sah ihr versonnen hinterher.

„Sie ist eine Königin", stellte Oyano fest. Sein Lächeln ließ die Wurzeln des Lebensbaumes zittern über ihnen. Und tief in der Erde öffnete sich ein kleines, zusammengerolltes Blatt, um den Keim zu legen für eine neue Wurzel, welche ans Licht drängt.

In der Hand aber, die Oyano nun Dalan reichte, leuchtete eine bunte Feder, keimte ein fremdartiges Korn, glänzte geheimnisvoll eine wilde Perle und funkelte verheißungsvoll ein Feuerstein.

DIE BLÜTE DES LEBENS

Dalan, der Abenteurer, war viel in der Welt herumgekommen. Die Hufe seines Pferdes hatten den Lehm der schweren Erde des Westens durch die Luft geworfen und waren im heißen Sand des Ostlandes versunken. Über die dürre Haut der Steppe waren die beiden geflogen, und mit wütenden Schlägen hatten sie den Takt des Kampfliedes auf manchen Felsboden getrommelt. Vor nichts und niemandem hatte Dalan Angst gehabt, bis zu jenem Tag ...

Nach einem langen, staubigen Ritt war er kurz nach Einbruch der Dunkelheit zu einer kleinen Hütte gekommen. Einladend kräuselte sich Rauch aus einem verwitterten Schornstein. Irgendwo blökte ein Schaf. Ein Käuzchen schwebte lautlos aus dem Geäst einer Fichte und verschwand in den Schatten der Nacht.

Ohne Argwohn trat Dalan in die Hütte und bat um ein Nachtlager und ein wenig Essen. Der alte Mann, der geschäftig sein Feuer in Gang hielt, bot ihm beides. Dalan konnte nicht ahnen, dass der Alte Lutrowa war, ein machtgieriger Magier, und so nahm er dessen Gastfreundschaft dankbar an. Dalan schlief schlecht in dieser Nacht. Im Kamin barsten die Holzscheite, und es hallte in der kleinen Hütte wie Kampfgetöse. Er träumte von feuerspeienden Drachen, die ihn in die Enge trieben, von vielköpfigen Schlangen, die ihn zu erwürgen versuchten, von Geiern, die mit blutverschmierten Schnäbeln nach ihm hackten. Schweißüberströmt riss er die Augen auf.

„Böse Träume", versuchte er sich zu beruhigen, „nur böse Träume." Als er sich jedoch aufrichten wollte, stellte er fest, dass er sich nicht mehr bewegen konnte. Nur die Augen gehorchten noch seinem Willen.

Dann hörte Dalan schlurfende Schritte. Ein düsterer Schatten wanderte über die Wand. Schweiß brannte ihm in den

Augen; vor Anstrengung keuchte er. Aber so sehr er sich auch mühte, sein Körper gehorchte ihm nicht. Er wollte schreien, fluchen, bitten. Doch auch die Sprache versagte sich ihm.

„Keiner weiß ein Mittel gegen meinen Zaubertrank", kicherte Lutrowa. „Noch wirkungsvoller jedoch ist dieser Gürtel. Solange du ihn trägst, wirst du meinen Befehlen folgen und ausführen, was ich dir auftrage."

Er band Dalan einen dicken Ledergürtel mit schwerem Metallverschluss um. „Jetzt steh auf!"

Ohne es wirklich zu wollen, gehorchte Dalan und folgte dem Magier in die Nacht. Ein kalter Wind wirbelte das Laub vor sich her, und dünner Nebel klammerte sich an die müde herabhängenden Zweige der Bäume.

„Ein guter Geist hat es gefügt, dass du heute zu mir gekommen bist. Die Nacht ist schwarz, und der Mond hat noch nicht die Kraft gefunden, wieder zu wachsen! Nur in einer solchen Nacht wird sich mir das Tor zum Verborgenen Land öffnen!"

Dalan erbleichte. Er wusste, das Verborgene Land war ein Ort ohne Wiederkehr. Nur Eingeweihte, Hexen, Zauberer, Weise, wussten mehr darüber.

„Ich will eine Blüte aus dem See des Lebens. Du wirst sie mir bringen!" Lutrowas Augen glitzerten. „Danach werde ich dich freigeben."

Die Haare auf Dalans Armen sträubten sich, und eiskalte Schauer jagten über seinen Rücken. An einer hohen Felsmauer blieb der Magier stehen. „Hinter dieser Wand beginnt der Weg ins Verborgene Land. Zieh diese Stiefel an! Sie werden dir den rechten Weg weisen. Und dann nimm den Speer hier, denn du wirst vielen Gefahren begegnen. Ich habe ihn beschworen."

Willenlos gehorchte Dalan. Lutrowa drehte sich um und berührte mit Stirn und Händen die Felswand. Wie gerne hätte

Dalan den Speer gegen den Magier geschleudert! Doch er konnte seinen Arm nicht bewegen. Lutrowa murmelte Beschwörungen in einer rauh und dunkel klingenden Sprache. Plötzlich zerriss ein greller Blitz die Nacht. Der Himmel schien zu brennen. Krachend öffnete sich die Felswand.

„Schnell, komm!" schrie Lutrowa. Mit kräftigen Stößen wurde Dalan in die Finsternis einer Höhle gedrängt. „Wenn du die Blüte des Lebens in Händen hältst, rufe mich. Ich werde dich zurückholen!"

Lutrowa trat zurück, und die Felswand schloss sich mit ohrenbetäubendem Lärm.

Dalan stand in der feuchtkalten Dunkelheit und umklammerte fest den Speer. Langsam gewöhnten sich seine Augen an die Finsternis, und er nahm gespenstische Schatten und Umrisse wahr. Die Stiefel des Magiers begannen zu kneifen und zu drücken, so dass sich Dalan ihrem Willen überließ und losging. Wenig später bemerkte er vor sich ein kleines flackerndes Licht. Der Höhlengang weitete sich und Dalan sah eine in Decken gehüllte Gestalt am Boden kauern. Vor ihr befand sich ein seltsames Rad, welches an einem schweren Metallgestänge befestigt war. Mit flinken Fingern bewegte die in sich versunkene Gestalt das Rad einmal in diese und dann wieder in die andere Richtung. Als Dalan in den Schein der Kerze trat, sah sie auf, und Dalan blickte in ein Gesicht, in dem er die Furchen unzähliger Jahre lesen konnte. Saß da ein Mann? War es eine Frau? Aufmerksam und mit einem fast spöttischen Funkeln in den Augen wurde er gemustert. Die Hände unterbrachen dabei nicht ihre emsige Beschäftigung.

„Du wirfst einen schlechten Schatten", murmelte die Gestalt schließlich. „Diese Stiefel sind zu schwer, in deinem Speer lauert der Tod, und dein Gürtel lässt sich nicht lösen."

Der Speer Lutrowas begann in Dalans Hand zu zucken. „Wer bist du, und was machst du da?"

„Dies ist das Rad des Schicksals", erwiderte die Gestalt. „Ich sorge dafür, dass es in Bewegung bleibt."

Dalan schauderte. Der Speer zog und zerrte: „Mein Schicksal wirst du nicht lenken!" schrie er, und die Macht des Speers überschwemmte ihn wie eine gewaltige Meereswoge. Mit aller Kraft warf er den Speer. Aber noch bevor dieser die Gestalt durchbohren konnte, stieg Nebel auf, und die Waffe schlug funkensprühend gegen Felsen.

Als Dalan den Speer wieder in Händen hielt und sich davonmachen wollte, bemerkte er, dass vor dem großen Rad wieder jene Gestalt saß.

„Hast du wirklich geglaubt, den Wächter des Schicksalsrades töten zu können? Du, der sich gegen ein Schicksal wehrt, das er überhaupt nicht kennt?"

„Ich bin mein eigener Herr!" stammelte Dalan. „Ich werde mein Schicksal selbst bestimmen, sobald dieser Fluch nicht mehr auf mir lastet!"

„Du kleiner Tor", sagte die Gestalt fast liebevoll. „Weißt du denn, was du da redest?"

„Natürlich!" Dalans Gesicht verzog sich wutgerötet. „Ich bin stark, und ich weiß was ich will!"

Die Gestalt verzog den Mund zu einem milden, faltigen Lächeln. „Die Wahrheiten von heute, junger Mann, sind die Irrtümer von morgen. Vielleicht wirst du das noch lernen."

Wieder warf Dalan den Speer, obwohl er es doch gar nicht wollte. Aber wie zuvor, verschwand die Gestalt in einem dichten Nebel.

Dalan schüttelte sich, wie nach einem bösen Traum. Niemals zuvor hatte er jemanden ohne Not angegriffen. Er atmete tief und wurde langsam ruhiger. Der Nebel am Schicksalsrad verzog sich. Erleichtert sah Dalan, dass die Gestalt wieder am Rad kauerte und es emsig in Bewegung hielt. Hierhin und dorthin.

„Es ist gut, junger Mann", sagte sie. „Geh und suche die Wahrheiten von morgen. Aber achte darauf, dass der Bann des Magiers nicht dein Herz erreicht."

Dalan wandte sich beschämt ab und ging weiter in die Höhle hinein. Die Stiefel wiesen ihm den Weg. Nach einiger Zeit wurde der schmale Gang heller, er weitete sich zu einem großen Raum, der von einer breiten Säule gleißenden Lichtes erleuchtet wurde. Verschwommene Schemen tanzten in diesem Licht. Dalan stand still, obwohl ihn die Stiefel vorwärts zu drängen suchten. Da löste sich aus der Lichtsäule eine Frau und kam auf ihn zu.

„Ein fremder Wanderer", grüßte sie und musterte ihn. „Du trägst den Gürtel Lutrowas und auch seine schweren Stiefel. Hat er eingesehen, dass eine Waffe zu nichts nutze ist hier?"

„Ich habe den Speer beim Rad des Schicksals zurückgelassen." Obwohl Dalan alles recht seltsam vorkam, spürte er keine Furcht.

„Das war klug von dir, Fremder." Die Frau sah ihm direkt in die Augen und Dalan erschrak. Ihre Augen hatten keine Pupillen. Groß und tiefblau leuchtete die Iris.

„Hab keine Angst", sagte die Frau. „Es sind nicht die Augen, die sehen. Oft hindern sie daran, wirklich zu erkennen."

„Was machst du hier in der Höhle", stammelte Dalan und sah zur Seite.

„Ich weise den herrenlosen Seelen ihren Weg und beschütze sie vor den Seelenräubern."

Dalan versuchte, die verschwommenen Figuren in der Lichtsäule zu erkennen.

„Wenn ein Mensch keinen Frieden mit sich selbst, seinem Leben und Sterben geschlossen hat", fuhr die Frau fort, „irrt seine Seele zwischen der Welt und der Unendlichkeit. Meine Aufgabe ist es, ihnen einen Weg zu weisen, den sie in ihrem Leben nicht gehen konnten. "

„Auch ich kann nicht meine Wege gehen", sagte Dalan. „Lutrowa hat mich mit einem Bann belegt. Ich muss ihm eine Blüte aus dem See des Lebens bringen."

„Er hat es also noch nicht aufgegeben", murmelte die Frau düster. „Du bist nicht der erste, der hier im Auftrag des alten Magiers vorbeikommt. Die meisten von ihnen sind in der Höhle umgekommen. Ich habe ihren Seelen einen Weg gezeigt, den ihr Körper nicht gehen konnte. Andere haben den Ausgang gefunden. Eine Blüte aus dem See des Lebens hat Lutrowa jedoch bis jetzt noch nicht."

Dalan unterbrach die Frau: „Weshalb? Hat keiner den See des Lebens gefunden?"

Die Frau hatte die Augen geschlossen; trotzdem fühlte Dalan ihren Blick in sich: „Das Verborgene Land ist nicht ohne Gefahren, und wer zum See des Lebens findet, muss eine große Prüfung bestehen."

„Welche Gefahren? Welche Prüfung?" Dalan fasste die Frau an der Schulter. „Sag es mir!"

Mit einer leichten Bewegung schüttelte die Frau Dalans Hand ab. „Was würde es dir nützen, Fremder? Du musst diesen Weg gehen, und wenn es dir bestimmt ist, wirst du dein Ziel erreichen! Die Stiefel werden dich führen. Doch sie können dir auch gefährlich werden."

Die Frau wandte sich ab und verschwand in der blendend hellen Lichtsäule. Dalan ließ sich von den Stiefeln weiterführen in einen der unzähligen Gänge hinein. Nicht lange, und die Luft begann modrig und schal zu schmecken. Es war, als hätte die Hand des Todes diesen Teil der Höhle gestreift. Das fahle Dämmerlicht malte Schatten an die Felswände, wie sie nicht schauerlicher in Dalans Alpträumen vorkamen.

Plötzlich zuckte er zusammen. Angestrengt starrte er hinter sich. Geräuschlos bewegte sich etwas auf ihn zu. Der heftige Herzschlag Dalans setzte aus, um danach mit rasender Geschwindigkeit einen wilden Rhythmus zu beginnen. „Die Schattenwölfe sind hinter mir her!" stieß er zwischen zusammengepressten Zähnen hervor.

Aus den alten Legenden wusste er, dass die Schattenwölfe niemals eine Spur wieder verloren. Keine Waffe half gegen diese Schemen, die in lautloser Jagd ihre Opfer in den Tod hetzten. Dalan lief so schnell er konnte. Immer wieder sah er über die Schulter. Das Rudel der Schattenwölfe rückte mit weiten Sätzen näher. Dalan wusste, lange würde er nicht mehr durchhalten können. Dann strauchelte er. Schrie. Fiel auf die Knie und sein Körper krachte hart auf den Stein. Hilflos verbarg er den Kopf in den Armen und krümmte sich zusammen.

Doch es geschah nichts.

Vorsichtig richtete er sich ein wenig auf. Kaum drei Armlängen entfernt saßen die Schattenwölfe und starrten ihn an. Ihre schemenhaften Körper zitterten leicht. Fast unmerklich kroch Dalan ein Stück weiter. Die Wölfe kauerten sich zusammen und beobachteten ihn. Dalan stand auf und schlich behutsam einige Schritte weiter. Das Rudel erhob sich. Mit einem Ruck drehte sich Dalan um und rannte los. Wieder waren die Schattenwölfe kurze Zeit später dicht hinter ihm. Dalan lief langsamer. Die geifernden Wölfe kamen nicht näher.

Als Dalan vor sich einen Lichtschein ausmachte, atmete er erleichtert auf. Schattenwölfe scheuen das Licht, das wusste Dalan. Dennoch ging Dalan vorsichtig weiter, nicht ohne sich immer wieder nach seinen Verfolgern umzusehen. Ein kühler, fast unmerklicher Lufthauch ließ ihn zurückschrecken. Als er sich zögernd vorwärtstastete, bemerkte er, dass der Höhlengang vor ihm in die Tiefe gestürzt war. Lockend winkte ihm die warme Lichtquelle von der anderen Seite des Spaltes zu. Entsetzt schüttelte sich Dalan. Wäre er in

schnellem Lauf vor den Schattenwölfen zu dem Licht geflüchtet, dann läge er jetzt schon zerschmettert irgendwo auf
dem Grund dieser Höhle.

Die Wölfe lauerten dicht hinter ihm, kamen aber nicht
näher. Entschlossen ging Dalan einen Schritt auf sie zu.
Unruhig bewegten sie die mächtigen Köpfe. Dalan ging weiter. Die Schattenwölfe drückten sich aneinander. Dann drehten sie sich langsam um und schlichen, die Körper flach an
den Höhlenboden gedrückt, davon. Dalan begann zu rennen.
Mit gewaltigen Sprüngen flüchteten die Schattenwölfe in die
Dunkelheit des Ganges.

Noch immer pochte Dalans Blut aufgeregt in den Schläfen.
Die Stiefel wiesen ihm wieder die Richtung. Das Dämmerlicht
blieb unverändert, und je länger ihn die Stiefel durch die
Höhlengänge führten, um so mutloser wurde er.

Als er schon fast die Hoffnung aufgegeben hatte, jemals wieder reine Luft zu atmen und einen weiten, klaren Himmel
über sich zu sehen, hörte er ein schauriges Stöhnen. Ohne zu
zögern, lief Dalan los und kam schon bald zu einem an den
Fels geketteten Mann, über dessen Kopf ein schwerer Tropf-
stein hing. Dieser ritzte schon die Schädeldecke des Mannes.
Nicht mehr lange und der ständig wachsende Stein würde
den Schädel des Mannes eindrücken.

Mit müden Augen sah der Mann zu Dalan auf: „Hilf mir,
Fremder!" flüsterte er. „Hilf mir, es bleibt nicht mehr viel
Zeit."

Entschlossen wollte Dalan nach einem schweren Stein greifen, um damit die dicken Ketten zu zertrümmern. Aber noch
bevor er sich bücken konnte, begann es in seinen Stiefeln zu
kneifen. Nur wenn Dalan in den Gang hineinlief, den ange-
ketteten Mann verließ, ließ der Druck der Stiefel nach. Mit
einem wütenden Schrei versuchte Dalan die Stiefel auszuziehen. Doch so sehr er sich auch mühte, sie saßen fest wie seine

eigene Haut und drückten, dass Dalan fürchtete, seine Knochen würden brechen. Er rannte ein Stück in die Richtung, die ihm die Stiefel wiesen. Sobald der Druck nachgelassen hatte, warf er sich zu Boden. Mit seinem Jagdmesser schlitzte er die Stiefel auf und warf sie weit von sich. Dann lief er zurück zu dem Mann. Dieser atmete nur noch flach.

Der Stein, den Dalan gegen die Ketten schmetterte, war schwer und fest. Daher brauchte er all seine Kraft und lange Zeit, um die dicken Ketten zu sprengen.

Als er den Ohnmächtigen endlich vorsichtig auf die Erde legte, bröckelte die Felswand ab, und Dalan entdeckte, einen mannsgroßen Spalt in der Höhlenwand. Neugierig stieg er über die Steine, schaute durch die Öffnung und sah nichts als undurchdringliche Schwärze.

Enttäuscht wollte er wieder zurücktreten. Doch da hob sich sein Blick, und vor Überraschung vergaß er fast das Atmen: Über ihm breitete ein grenzenloser Sternenhimmel seine funkelnden Arme aus. Dalan hatte einen Ausgang aus der Höhle gefunden und war im Verborgenen Land.

Vorsichtig bettete er den leblosen Körper des Mannes auf seine Arme und verließ die Höhle. Die ganze Nacht wachte Dalan neben dem Mann und sah in den Himmel. Die Sterne leuchteten, glänzten und wanderten ohne Eile in den beginnenden Tag. Erfrischend kühler Tau legte sich auf Dalans Haut, und der Mann neben ihm atmete jetzt tief und ruhig. Noch bevor die ersten Sonnenstrahlen der Erde Farben schenkten, schmolz die dichte Dunkelheit, wurde dünn und durchsichtig. Das weiche Licht der Dämmerung verwischte alle Gegensätze. Wie auf sanften Katzenpfoten berührte der Morgen einen Baum, der nicht weit entfernt stand, strich über eine Wiese, sprang über einen Bach und eilte weiter zu einem lichten Wald. Dalan saß stumm und sah den Tag erwachen. Als die nahende Sonne den Horizont in ein helles

Freudenfeuer tauchte, erwachte der Mann.

„Du hast es ja doch noch geschafft, die Stiefel auszuziehen."
Seine Stimme klang fest und freundlich.

„Ja", erwiderte Dalan, „aber woher weißt du, dass dies notwendig war, um dich zu befreien?"

„Du bist nicht der erste, der ausgeschickt wurde, um in das Verborgene Land zu gelangen. Nicht sehr viele haben den Weg aus der Höhle gefunden."

„Aber Lutrowa sagte mir doch, die Stiefel würden mir den rechten Weg zeigen!"

„Wenn es keinen Ausgang gibt", erwiderte der Alte, „können auch verhexte Stiefel keinen finden. Und ohne Ausgang irren sie durch die Höhle, bis die Männer vor Erschöpfung sterben oder von den Schattenwölfen zu Tode gehetzt werden."

„Auch mich haben sie gejagt." Dalan schauderte bei dieser Erinnerung. „Weshalb sind sie vor mir geflüchtet?"

„Die Schattenwölfe sind das Gesicht deiner Angst, Fremder", sagte der Alte. „Sie können dich nur hetzen und jagen. Niemals anfallen und beißen. Wenn du sie ansiehst und auf sie zugehst, sind sie machtlos. So wie viele Ängste klein werden, wenn du ihnen ins Gesicht schaust."

„Wer bist du?" fragte Dalan leise.

„Ich bewache das Tor ins Verborgene Land."

„Aber wer hat dich an den Felsen geschmiedet und dich zu diesem grauenvollen Tod verurteilt?"

„Ich selbst", lächelte der Mann. „Nur wer den Fluch der Stiefel überwindet und noch Platz für ein wenig Mitleid in seinem Herzen bewahrt hat, soll den Eingang ins Verborgene Land finden."

„Aber ich trage noch immer den Gürtel Lutrowas und kann ihn nicht lösen."

„Ich kann ihn dir auch nicht abnehmen", sagte der Mann.

„Weshalb will Lutrowa diese Blüte?" wollte Dalan wissen.

„Er wird alt, der Magier", erklärte der Alte. „Seine Macht schwindet. Er glaubt, eine Blüte aus dem See des Lebens gibt ihm neue Kraft."

„Ich will nur wieder frei sein von diesem Bann und meine eigenen Wege gehen können", murmelte Dalan.

„Hast du heute Nacht die Sterne gesehen?" Der Alte sah Dalan in die Augen. „Auch sie gehen ihre eigenen Wege und doch, von ihrer vorbestimmten Bahn weichen sie nicht ab. Folge dem Fluss dort unten. Es ist nicht sehr weit bis zum See des Lebens. Aber sei vorsichtig. Die Wege im Verborgenen Land sind nicht ungefährlich."

Er legte Dalan eine Hand auf die Schulter, umarmte ihn und ging zurück zu dem Spalt im Fels.

Dalan lief hinunter zum Fluss. Die Sonne versprühte die unverbrauchten Farben eines neugeborenen Morgens. Dalan trank vom Wasser des Flusses und fühlte sich herrlich erfrischt. Herabhängende Weidenzweige trieben auf dem silbrig glänzenden Wasser und Fische huschten darin umher.

Die Sonne stand schon hoch, als er einen dichten Wald erreichte. Der Fluss schlängelte sich um die großen Wurzeln einiger uralter Baumriesen und verschwand dann hinter dichtem Gestrüpp und dornig verwachsenen Büschen.

Es dauerte lange, bis Dalan endlich einen schmalen Durchgang im Gebüsch gefunden hatte. Aber die engen Pfade darin kreuzten und schlängelten sich, dass Dalan Mühe hatte, die Richtung einzuhalten, in welcher er den Fluss vermutete. Gerade als er an einem schmalen Seitenpfad vorbeieilen wollte, sah er darin ein Glimmen. Dalan ging zurück. Überall hier lagen Edelsteine halb in der Erde verborgen. Dalan begann den Boden zu durchwühlen und sich die Taschen zu füllen. So reich war er noch niemals zuvor gewesen.

Der Pfad der Edelsteine hatte ihn jedoch tief in den dichten Wald gelockt. Er wusste nicht mehr, wo er abgebogen war.

Dalans Taschen waren prall gefüllt, aber sein Blick irrte hilflos und leer umher.

Der Tag begann diesen Teil der Welt zu verlassen und im dämmrigen Licht hörte Dalan plötzlich eine Stimme: „Ein Wanderer hat seinen Weg zu uns gefunden. Wir wollen ihn bei uns aufnehmen und ihn beschützen in der dunklen Nacht. Wo ist er nur, wir können ihn nicht sehen. Hat er den Pfad unserer schönen Edelsteine schon verlassen?"

So einladend und angenehm die Stimme auch klang, Dalan fröstelte doch. Die letzten Streifen der flüchtenden Dämmerung hasteten über den Himmel und Dalan konnte im Halbdunkel der beginnenden Nacht nicht mehr viel sehen. Die Stimme kam näher. Freundlich und sanft sprach sie vor sich hin. Und plötzlich entdeckte Dalan im letzten Licht des sterbenden Tages, wie eine monströse Schnecke aus einem Pfad quoll und auf ihn zuglibberte. Grau glänzte schleimiges Fleisch zwischen den Gebüschmauern.

Dalan griff in die Tasche, holte eine Handvoll Edelsteine hervor und schleuderte sie dem Unwesen entgegen. Dann rannte er davon. Hinter ihm sabberte und fauchte es im Gebüsch. Wie ein Wildkaninchen schlug Dalan in verzweifeltem Lauf möglichst viele Haken. Erst als es so dunkel war, dass er einige Male in dorniges Gestrüpp gerannt war, blieb er stehen und lauschte. Er war dem Ungeheuer entkommen. Aber wie sollte er bei stockdunkler Nacht den Weg zurück zum Fluss finden? Wer konnte schon sagen, welche Wesen sich noch in diesem dichten Wald herumtrieben? Immer wieder blieb Dalan stehen, aber außer einem leichten Wind, der die obersten Zweige des Gebüsches sacht berührte, hörte er nichts.

Plötzlich strauchelte er. Nur mit Mühe konnte er sein Gleichgewicht bewahren. Vorsichtig tastete er nach unten und zuckte zurück. Ganz deutlich hatte er einen menschlichen Arm gespürt. Starr wie eine tausendjährige Linde blieb

Dalan stehen, das Messer zum Stoß bereit. Doch vor ihm rührte sich nichts. Der Körper, der da lag, war kalt und starr. Die Erde um ihn war übersät mit Edelsteinen. Es schien, als wäre jeder Knochen im Körper des Toten zerbrochen und all seine Lebenskraft aus ihm herausgesaugt worden.

Die ganze Nacht irrte Dalan durch das Labyrinth der schmalen Pfade. Kein Stern hatte die Kraft, mit seinem Leuchten den Grund dieses Irrgartens zu erreichen. Dalan schienen Ewigkeiten vergangen, als die Dunkelheit schließlich zögernd einer zarten Dämmerung wich. Am Morgen fand er einen zweiten Toten. Auch dessen Körper war zerschunden und wie leergesaugt. Seine Taschen waren gefüllt mit Gold.

Als Dalan das nächste Mal einen Pfad sah, in dessen Erde Edelsteine glänzten, wählte er den Weg, der in die entgegengesetzte Richtung führte. Und so behielt er es bei. Mit der Zeit wurde der Pfad breiter und schließlich kam Dalan an den Rand des Waldes. Vor ihm breitete sich ein fruchtbares Tal aus. Der Fluss glänzte vor ihm in der Mittagssonne, und Dalan konnte, nicht weit entfernt, ein kleines Dorf sehen. Erleichtert schüttelte er die Erinnerung an den Irrgarten ab und ging auf die Häuser zu. Die Kornfelder wogten unter einem strahlend blauen Himmel, und die Äste der Bäume bogen sich unter der Last der Früchte. Als Dalan dem Dorf näherkam, wurde er von einigen Menschen bemerkt. Singend liefen sie auf ihn zu, begrüßten ihn und führten ihn in ihrer Mitte ins Dorf. Dort reichten sie Essen und Trinken, lächelten ihn an und tanzten. Dalan lehnte sich erschöpft zurück. „Ihr feiert wohl ein großes Fest?" fragte er.

„Wir feiern, dass nach langer Zeit wieder einmal jemand dem Irrgarten der Verlockungen entkommen ist", entgegnete ein Mann und lächelte.

„Gibt es viele hier, die diesen Weg auch gegangen sind?" wollte Dalan wissen.

Eine Frau mischte sich ein: „Wir alle hier sind dem Labyrinth entkommen. Jeder auf seine Art. Hier können wir endlich frei und glücklich leben."

Leise sagte Dalan: „Solange ich diesen Gürtel nicht lösen kann, bin ich nicht frei."

Die junge Frau unterbrach ihn: „Schau nicht so traurig. Was kümmert dich ein Fluch, der hier nicht wirkt. Du wirst ihn schnell vergessen. Auch ich wurde mit einem Bann belegt. Trotzdem lebe ich jetzt sorglos hier im Dorf."

„Wie kann ich das Gefühl haben, wirklich frei zu sein, wenn ich einen Gürtel trage, den ich nicht lösen kann?"

„Dalan! Schau nicht so traurig. Wir wünschen das nicht. Wir wollen glücklich sein, und daran wird uns niemand hindern!" Die junge Frau war sichtlich aufgebracht, dennoch lächelte sie noch immer.

„Ich werde mir nicht vorschreiben lassen, wann ich traurig sein darf und wann nicht!" Dalan wurde zornig.

„Lächle, Dalan!" zischte der Mann neben ihm. „Lächle, oder es geschieht ein Unglück!"

Schon blieben einige der Tanzenden tuschelnd stehen und deuteten auf ihn.

Wütend stand Dalan auf: „Wie kann ich glücklich sein, solange mich dieser Gürtel drückt?" brüllte er den Mann an. Erschrocken drehten sich alle Dorfbewohner ihm zu. Die Musik verstummte. „Und ihr? Ja, ihr alle hier? Wie könnt ihr denn fröhlich lachen und spürt doch bei jedem Atemzug, dass da noch etwas ist, was euch beengt? Euer Lachen ist falsch! Euer Glück ein dummes Spiel! Ihr habt euch grinsende Totenmasken über die Traurigkeit gestülpt und redet euch ein, das sei Glück. Ihr redet von Freiheit und seid nicht einmal so frei, weinen zu können!"

Auf dem Platz zischelten die Menschen böse und gefährlich hinter ihrem Lächeln hervor.

Dalan sah die Menge an. Dann rannte er davon, verfolgt von den Dorfbewohnern, deren Gesichter hassverzerrte, aber grinsende Masken waren. Kurz nach dem schützenden Rund der Häuser blieben sie jedoch stehen. Manche schüttelten die Fäuste, andere kreischten Drohungen. Dann kehrten sie singend und tanzend in das Dorf zurück.

Dalan ging langsam weiter in das Tal hinein. Zu beiden Seiten schwangen sich Hügelketten in den klaren Himmel. Als die Sonne sich dunkler färbte suchte er sich am Stamm eines verwitterten Baumes einen moosgepolsterten Platz. Er wachte erst wieder auf, als die Schatten der Nacht schon längst verschwunden waren.

Den ganzen Tag wanderte Dalan am Fluss entlang. Am Abend schäumte der Fluss über einen felsigen Abhang und verschwand. Im letzten Licht des Tages konnte Dalan einen weiten, tiefen Talkessel vor sich sehen. Der Fluss stürzte, viele Speerwürfe tief, über den Felsabbruch hinunter. Sein Wasser versprühte in der Luft, und in ihm schimmerten und glänzten alle Farben dieser Welt. Am Fuße der Felsen sammelte sich das Wasser wieder, um ruhig und breit zur Mitte des Talkessels zu fließen. Dort mündete es in einen tiefblauen, stillen See.

Die Macht der Nacht löschte die letzten Strahlen der Sonne. Ihm blieb nichts übrig, als sich zwischen den Felsen einen Schlafplatz zu suchen. Er erwachte durch lautes Getöse.

Erschrocken fuhr er auf und brauchte einige Zeit, um sich zurechtzufinden. Kampfgeschrei und Waffenlärm zertrümmerten die sanfte Stille der Nacht. Dalan tastete sich vorsichtig an den Rand des Abgrundes. Unten im Talkessel, rund um den See des Lebens, der am Abend noch so friedlich ausgesehen hatte, tobte ein wilder, verbissener Kampf.

Zwei gewaltige Heere standen sich gegenüber. Die Krieger der einen Seite trugen blitzend schwarze Rüstungen und Waffen.

Sie saßen auf vor Kampfeslust dampfenden Rappen. Das andere Heer schien wie aus Licht. Die Waffen glänzten weiß wie der neue Mond, die Rüstungen verstrahlten den Glanz der Sterne, und ihre Schimmel waren makellos, wie ein unberührter Wintermorgen.

Die Erde zitterte, die Luft tobte. Fassungslos starrte Dalan hinunter in den Talkessel. Noch nie hatte er ein solches Gemetzel gesehen. Wie tollwütige Hunde zerfleischten sich die schwarzen und weißen Krieger gegenseitig. Mit der Zeit lichtete sich das Schlachtfeld. Die Reihen der Kämpfer wurden dünner. Schließlich sprengten nur noch wenige um den See. Verwundert stellte Dalan fest, dass keine Toten und Verletzten zu sehen waren. Die wenigen Überlebenden jagten um den See, hieben aufeinander ein und versuchten sich zu zerstückeln. Doch außer den kämpfenden Reitern gab es keinerlei Spuren des Gemetzels. Gerade schwang ein weißer Krieger sein Schwert und trennte mit einem gewaltigen Schlag den Kopf seines schwarzen Gegners vom Leib. Dalan sah, wie der schwarze Ritter nach vorne zu fallen und zu verschwinden begann, wie Frühnebel unter der Sommersonne. Und dann, Dalan traute seinen Augen nicht, verschwand genauso schnell der weiße Reiter. Er starrte wieder hinunter in den Talkessel, wo inzwischen die letzten Kämpfer gnadenlos aufeinander einschlugen. Aber auch diese verschwanden wie all die anderen zuvor.

Es war wieder still im weiten Rund des Felsentales. Der dunkle See spiegelte einige Sterne wider. Nichts schien hier geschehen zu sein oder geschehen zu können.

Am Horizont zeigten sich die ersten tastenden Finger des neuen Tages. Der dunkle Nachthimmel verblasste. Noch immer lag Dalan auf dem Bauch am Rande des Abgrundes und starrte hinunter. Auch als es heller wurde, konnte er keine Spuren eines Kampfes entdecken. Seufzend drehte er sich auf den Rücken und starrte in den Himmel. Er musste geträumt haben.

Als er sich aufrichten wollte, zuckte seine Hand blitzschnell zum Messer. Ein Mann schaute auf ihn herunter. „Erkennst du mich nicht wieder, fremder Wanderer?" sagte die Gestalt und lächelte freundlich.

„Doch, doch", erwiderte Dalan und fuhr sich mit der Hand verwirrt über die Augen. Vor ihm stand der Alte, dessen Ketten er in der Höhle zertrümmert hatte.

„Du hast nicht geträumt", fuhr dieser fort. „Solange du hier bist, kannst du jede Nacht den Kampf zwischen dem Heer des Lichts und den Kriegern der Dunkelheit sehen. Du bist am Ziel deines Weges, und doch liegt noch der schwerste Teil vor dir. Dort unten ist der See des Lebens und darin findest du die Blüte, nach der du suchst. Aber es führt kein Pfad in dieses Tal."

Niedergeschlagen schüttelte Dalan den Kopf. „Es muss irgend eine Möglichkeit geben, zum See zu gelangen."

„Ich sagte, es führt kein Pfad hinab", antwortete der Alte.

„Und doch gibt es einen Weg, zum See zu kommen."

Hastig erhob sich Dalan. „Wie? Sag es mir!"

„Folge dem Fluss. Er erreicht sein Ziel!"

Erschrocken sah Dalan in das über den Abgrund wirbelnde Wasser. „Ich soll mich da hinunterstürzen? Aber woher weiß ich, ob das Wasser tief genug ist, meinen Sturz aufzufangen? Vielleicht gibt es Felsen, und ich werde zerschmettert!"

„Es gibt keine andere Möglichkeit", sagte der Alte. „Ich bin hier, um dir zu sagen, wie du den See erreichen kannst."

„Aber weshalb willst du mir helfen, und wie kannst du mir überhaupt helfen?" Dalan sah den Mann ungläubig an.

„Aus welchem Grund hast du mir in der Höhle geholfen? Und hast du dort gefragt, ob ein loser Stein eine geschmiedete Kette brechen kann?"

Dalan schwieg. Lange blickte er in die schäumenden Flusswirbel, sah ihnen nach, wie sie brodelnd über den scharfkantigen Felsabsturz tosten. Dann schaute er dem Mann in die Augen: „Was muss ich tun?"

„Du musst dich leicht machen, wenn du den Weg des Flusses gehen willst", sagte der Alte.

„Wie soll das gehen?" fragte Dalan ungläubig.

„Vergiss, was war, vergiss wer du bist, vergiss wer du sein willst. Vergiss deinen unbeholfenen Körper. Du musst der Fluss werden, der zerstäubt in schnellem Fall und doch wieder zusammenfindet, wenn ihn die Erde auffängt."

Dalan saß lange Tage am Fluss und versuchte zu fühlen wie das schäumende Wasser. Aber er hatte wenig Hoffnung, dass ihm dies jemals gelingen würde. Nachts lagen die beiden nahe der schroffen Felskante und sahen dem erbitterten Kampf des Lichtheeres gegen die Krieger der Dunkelheit zu. Dalan fragte den Mann oft nach der Bedeutung dieses Kampfes. Aber so wortgewaltig der Alte den ganzen Tag auf ihn einreden konnte, so schweigsam war er während der Nächte. Nur einmal hatte er wie nebenbei bemerkt: „Das sind keine gewöhnlichen Kämpfer!"

„Als ob ich das nicht schon längst bemerkt hätte", knurrte Dalan. „Sobald einer gesiegt hat und seinen Gegner getötet, verschwindet er selbst auch."

„Ja, ja", murmelte der Alte, „es gibt keinen Schatten ohne Licht und kein Licht ohne Schatten."

„Wie das?" entfuhr es Dalan. „Gibt es in einer finsteren Nacht vielleicht Licht oder wenn die Sonne am höchsten steht Schatten?"

„Welchen Namen hätte die Nacht, wenn es den Tag nicht gäbe? Was wäre ein Winter ohne Sommer? Etwas Gutes ohne das Schlechte?" erwiderte der Alte ruhig.

Dalan schwieg und schaute den Kämpfenden zu.

Einige Nächte später, die beiden lagen wieder am Felsabsturz, sagte Dalan: „Immer vertrauter werden mir die Krieger dort unten. Der große Schwarze dort hinten am See ist ein besonders gefährlicher Lanzenkämpfer. Und der Weiße da, mit dem kurzen Schwert, ist gewandt und geschickt. So schnell holt den keiner vom Pferd."

Der Alte nickte nur bedächtig: „Und trotzdem verschwinden auch diese beiden, wenn sie ihre Gegner getötet haben. Aber es ist gut, wenn du die Kämpfer genau beobachtest. Sie gehören zu dir, Dalan. Und wenn du zum See des Lebens willst, wirst du sie noch sehr gut kennenlernen."

Verwirrt fragte Dalan nach dem Sinn dieser Worte.

„Wenn du den Weg des Flusses gehst, bist du noch nicht am Ziel", sagte der Alte. „Du brauchst den ganzen Tag, um zum See zu gelangen, und in der Nacht wirst du mitten zwischen den kämpfenden Kriegern stehen."

•

Endlich nach langen Tagen und Nächten, sagte der alte Mann zu Dalan: „Die Zeit ist um. Der Mond ist wieder voll und rund. Sei du leer und geh den Weg des Flusses."

Im Osten setzte die aufgehende Sonne die Welt in Brand, und dicht über dem noch dunklen Westhorizont strahlte ein großer, voller Mond. Gemeinsam mit dem alten Mann ging Dalan zum Fluss. Das Wasser rauschte und schäumte, wie in all den Tagen und Nächten zuvor - und doch, etwas war nicht so wie seither. Als die ersten Strahlen der Sonne über das Wasser huschten, glitt Dalan hinein. Eine wilde, unbändige Kraft schob ihn vorwärts, wirbelte ihn umher wie eine Feder im Sturm. Dalan wehrte sich nicht dagegen. Er bog sich mit den Stößen des Wassers, wand sich geschmeidig über die schroffen Kanten der Steine und ließ sich mitnehmen von der ungezügelten Freude der Wellen. Und dann schoss er über den Felsvorsprung. Mitten hinein in einen funkelnden und farbspeienden Regenbogen aus Wasser und Licht. Er stürzte hinab mit dem Wasser - und schien doch nicht zu fallen.

Keuchend und wasserspuckend kam er wieder zu sich. Hoch über ihm löschte der herabstürzende Fluss den Himmel aus. Neben ihm sprudelte und schäumte das Wasser in jugendlichem Übermut. Dalan drehte sich auf den Rücken. Weshalb sollte er den weiten Weg zum See zu Fuß gehen? Der Fluss mündete in den See. Sein Ziel würde er jetzt nicht mehr verfehlen. Ohne Anstrengung und Kraft trieb er beständig auf den tiefblauen See des Lebens zu. Er verfolgte den Lauf der Sonne und ließ sich von kleinen Wasserwirbeln drehen. Als es Abend wurde, schwamm er ans Ufer. Er war nur noch wenige Schritte vom See entfernt, auf welchem unzählige Blüten trieben. Morgen würde er sich eine davon brechen.

Dalan beugte sich über das Wasser des Sees. Obwohl es klar und durchsichtig schien, konnte er keinen Grund erkennen. Er hielt eine Hand in das Wasser und erschrak. Das Wasser des Sees hatte sich nicht gekräuselt. Seine Finger waren einfach verschwunden und nicht mehr zu sehen. Hastig zog er die Hand zurück.

Die Sonne war schon längst hinter den steil aufragenden Felsen des Talkessels verschwunden. Breite, schwarze Schatten krochen langsam über die Erde. Kein Laut störte die Ruhe. Doch Dalan wusste, dass hier, kurz nach Einbruch der Nacht, wieder die beiden Heere aufziehen würden.

Im Tal war es schon dunkel, nur am Himmel jagten noch einige rotumglühte Wolken der Sonne nach. Dann erlosch auch dieses letzte Leuchten, und wie eine große, schwarze Hand schob sich die Nacht über den Himmel. Dalan sah nichts mehr und wusste doch, er war nicht allein.

Schwere Hufe polterten gegen lose Steine. Lederriemen

knirschten leise. Metall schlug singend gegen Metall. Die ersten Sterne glommen schwach, und die Ahnung eines hellen Mondes warf schon ein wenig Licht auf den Himmel. Nicht viel später konnte Dalan auf der einen Seite des Sees die dunklen Schatten vieler Reiter wahrnehmen. Er wandte sich um. Auf der anderen Seite bereitete sich das Heer des Lichtes auf den Kampf vor. Er saß allein zwischen den waffenstarrenden Reihen der Krieger.

Wie auf ein geheimes Zeichen, begannen die Reiter beider Heere mit den Schwertern auf die Schilde zu schlagen und ihre Schlachtrufe zu brüllen. Die Pferde schnaubten und wieherten, stampften auf die Erde und zuckten mit den Flanken. Dann sprengten sie los. Ohne sich um Dalan zu kümmern, der erschrocken aufgesprungen war, krallten sich die ersten Reihen der Kämpfer ineinander und hieben aufeinander ein. Dalan wich zurück, bis er am Ufer des Sees stand. Funken sprühten und Todesschreie durchschnitten grell die Nacht.

Dalan erinnerte sich an die Worte des Alten.

„Wo kein Licht ist, gibt es keinen Schatten", murmelte er.

„Wer den Schatten tötet, vernichtet auch das Licht."

Vorsichtig entfernte er sich einige Schritte vom See.

„Ich bin Dalan", sagte er laut. „In mir ist Licht und Schatten, Tag und Nacht, Sonne und Mond."

Langsam ging er weiter und seine Stimme übertönte nun das Lärmen der Kämpfenden: „Wie kann es Besiegte geben, wenn keiner mehr siegen will?"

Bewegungslos saßen mit einem Mal Krieger auf den Rappen und Schimmeln, Schwerter, Speere und Keulen zum Schlag erhoben. Als Dalan näherkam, senkten sie die Waffen, wichen zur Seite und schufen eine schmale Gasse.

„Wer weiß, dass Ja auch immer Nein bedeutet? Welche Freude ist ohne Leid?" brüllte Dalan so laut er konnte. „Was ist der Himmel ohne die Erde?"

Die Gasse der Krieger öffnete sich weiter vor ihm. Zwei Reiter kamen langsam auf ihn zu. Es waren der schwarze Lanzenritter und weiße Schwertkämpfer.

Dalan ging weiter bis er dicht vor den beiden Kriegern stand. Er sah zu ihnen hoch und sagte bestimmt: „Es gibt keinen Tod ohne Leben! Und kein Leben ohne Tod!"

Die beiden Reiter ließen ihre Waffen fallen und beugten sich zu Dalan hinunter. Als er jedem von ihnen eine Hand reichte, durchfuhr ihn ein Schlag, als ob er mit einem Schwert in der Mitte geteilt, gleichzeitig jedoch von unglaublichen Kräften wieder zusammengepresst und geheilt würde.

Dalan zitterte und wankte. Wenn ihn die kräftigen Fäuste nicht gehalten hätten, wäre er wohl zusammengebrochen. Willenlos ließ er sich emporziehen. Die beiden Krieger drängten ihre Pferde noch dichter aneinander, und gemeinsam hielten sie Dalan so, dass er jedem von ihnen einen Arm um den Hals legen konnte.

Mit einem kaum vernehmlichen Zungenschnalzen geboten die beiden ihren Pferden weiterzugehen. Am See angekommen, zögerten sie nicht. Schon versanken ihre gegürteten und geschützten Flanken. Das Wasser stieg langsam über die Mähne und den Kopf. Und noch immer schritten die beiden Pferde gleichmäßig und ruhig weiter. Die Körper der beiden Kämpfer wurden umspült, das dunkle Wasser stieg bis zum verschlossenen Helm. Als es in die Luftschlitze der Visiere einzudringen begann, öffneten sich die Helme der beiden Kämpfer.

Und Dalan sah sich selbst.

Seine Augen waren es, die ihm unter dem schwarzen Helm zulächelten, und sein Mund war es, der ihm unter dem weißen Helm zuflüsterte: „Es ist gut so."

Ohne zu wissen, wusste Dalan.

Und ohne zu begreifen, erkannte er.

Das Wasser des Sees schloss sich über ihnen. Nicht die kleinste Welle zeugte von ihrem Verschwinden.

•

Als Dalan in einer Fontäne schäumenden Wassers wieder auftauchte, hatte die Welt sich in das durchsichtige, weich fallende Gewand des frühen Morgens gekleidet. Es war nicht mehr Nacht und noch nicht Tag. Ohne Eile schwamm er ans Ufer und stieg aus dem See. In einer Hand hielt er den Gürtel, den ihm Lutrowa umgebunden hatte. Die andere umschloss liebevoll eine kleine Blüte, fast noch ein Knospe.

„Lutrowa!" schrie Dalan in den beginnenden Tag. „Lutrowa! Nun komm und hol mich! Du wolltest doch eine Blüte aus dem See des Lebens! Sieh! Ich halte sie in meiner Hand! Lutrowa! Komm, hol mich. Ich will dir deinen Gürtel zurückgeben!"

Dalan drehte sich, während er aus Leibeskräften schrie, in die Richtung aller vier Winde und lachte dabei breit und fröhlich. Die Luft begann vor Dalan zu flimmern, schmutzig graues Licht wirbelte um ihn. Dann zerriss das Grau.

Dalan stand wieder vor der kleinen Hütte Lutrowas. Der hatte die Augen geschlossen. Seine Hände zitterten über einem kleinen Feuer, das in der Luft schwebte.

„Lutrowa", lachte Dalan. „Du kannst aufhören mit dem Spuk. Ich bin schon da."

Erschrocken zuckte der Magier zusammen und stolperte einen Schritt zurück. „Hast du die Blüte aus dem See des Lebens mitgebracht?" stammelte er aufgeregt. Dann riss er die Augen weit auf: „Wer hat dir meinen Gürtel gelöst? Wem ist es gelungen, den Bann zu brechen?"

„Ach der", erwiderte Dalan leichthin, „er hat sich einfach von alleine geöffnet."

„Das kann nicht sein!" Lutrowa fuchtelte aufgeregt mit den Händen durch die Luft!"

„Na ja", gab Dalan zu, „so einfach war es nun auch wieder nicht. Ich musste schon einiges dafür tun."

„Gut, gut", in den Augen des Magiers glitzerte wieder jenes gierige Funkeln. „Gib mir jetzt die Blüte aus dem See des Lebens. Wie lange musste ich auf diesen Moment warten!"

„Du vergisst, dass ich nicht mehr unter deinem Bann stehe." Dalan lachte. „Weshalb sollte ich dir die Blüte geben?"

„Du wagst es!" schrie Lutrowa und auf seinen Wangen bildeten sich zornig rote Flecken. „Du wagst es, mir zu widersprechen?"

Mit einer herrischen Bewegung riss er seinen Umhang nach vorne und plusterte sich auf wie ein balzender Pfau. „Glaubst du, ich hätte keine Mittel, dich zu zwingen, mir die Blüte zu geben?" Drohend ging Lutrowa einen Schritt auf Dalan zu.

„Ich bin bereit, alter Magier", sagte Dalan sehr leise, aber bestimmt. „Versuche deine Macht."

„Ich werde dich zerschmettern!" brüllte Lutrowa, warf den Kopf zurück und stieß mit ausgestreckten Armen in den Himmel. Obwohl dort die Sonne strahlte, zuckten plötzlich Blitze nieder. Dampfend und knisternd spalteten sie die Luft. Dalan stand still. Nur die Hand, in welcher er die Blüte trug, war ein wenig geöffnet. Kein Blitz traf ihn. Alle verpufften sie wirkungslos in der Erde.

Fassungslos öffnete Lutrowa den Mund. Es dauerte lange, bis er genügend Atem geschöpft hatte: „Ein Zauber schützt dich!" kreischte er. „Ich werde ihn brechen. Du entkommst mir nicht!" Wütend nestelte er an einem kleinen Lederbeutel, den er unter seinem Umhang hervorgezogen hatte. Mit zitternder Hand warf er einige grünschimmernde Körner vor Dalans Füße. Giftig gelber Rauch quoll auf. Der Wind trieb die Schwaden zur Seite, und vor Dalan stand ein furchterregendes Ungeheuer, das immer weiter und weiter zu wachsen schien.

Lutrowas Gelächter stieg triumphierend in den Himmel. Doch es brach so jäh ab, wie das letzte Krähen eines Hahns, wenn das Beil gefallen ist. Dalan stand nicht mehr allein. Links und rechts von ihm waren, wie aus dem Nichts, zwei schwerbewaffnete Krieger aufgetaucht. Rüstung, Waffen und Pferd des einen schimmerten Schwarz wie die Oberfläche eines tiefen Waldsees in mondloser Nacht. Der zweite Krieger glänzte weiß, wie die zarten, von keinem Wind berührten Wolken eines taufrischen Sommermorgens. Das Ungeheuer fauchte und geiferte. Seine Pranken schlugen rauschend durch die Luft. Doch es wagte sich nicht weiter. Erregt drehte es den Kopf hin und her, kniff die Augen zusammen und duckte sich dicht an die Erde. Dann kroch es langsam und wimmernd rückwärts auf Lutrowa zu. Dieser trat es mit Füßen und stieß schauerliche Verwünschungen aus. Wieder stieg der giftiggelbe Nebel auf; als er verzog, war auch das Ungeheuer verschwunden.

Lutrowa stand hilflos und gebrochen vor seiner Hütte.

„Deine Herrschaft ist zu Ende, alter Mann", sagte Dalan und ging auf ihn zu. „Wie willst du jemand mit bösen alten Sprüchen vernichten, der in den See des Lebens eingetaucht ist und eine Blüte davon bei sich trägt."

Lutrowa sank zusammen. Plötzlich war er nur noch ein bedauernswerter alter, gebrochener Mann. Sein Atem ging stoßweise, er schluchzte: „Was war dies für ein Zauber hinter dir? Welche Macht lehrte dich diese Magie?"

„Es war kein Zauber, alter Mann", sagte Dalan und kniete neben Lutrowa nieder. „Es war das Leben selbst. Kein Fluch, kein magischer Spruch, kein Bann, keine Zauberkraft kann so mächtig sein. Selbst wenn ich dir diese kleine Blüte hier geben wollte, alter Mann", Dalan öffnete seine Hand und ließ

Lutrowa die wundersame Blüte sehen. „Sie gehört zu mir. Bei dir würde sie vertrocknen, nutzlos verwelken. Steh auf, alter Mann. Du hast noch genug Zeit, dir deine Blüte aus dem See des Lebens zu holen."

Dalan strich Lutrowa sanft übers Haar. Dann ging er auf die Koppel neben der kleinen Hütte. Sein Pferd stand dort und wieherte freudig, als es ihn erkannte. Dalan vergrub seinen Kopf in der dichten Mähne.

Als Dalan davonritt, saß der alte Magier vor seinem Haus und starrte tränenblind hinter ihm her. Sein Umhang lag vor ihm auf dem staubigen Boden.

Dalan, der Abenteurer, presste seine Schenkel zusammen, umschloss sanft die kleine Knospe in seiner Hand und ließ sich von seinem Pferd davontragen.

Dorthin, wo sich am fernen Horizont Erde und Himmel sacht berühren.

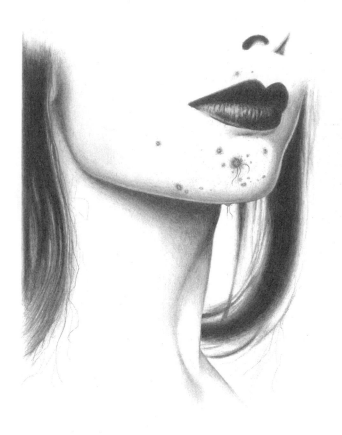

WAS DEN FRAUEN DAS ALLERLIEBSTE IST

An einem wunderschönen Morgen im Spätherbst beschlossen die Ritter der Tafelrunde, gemeinsam mit
König Artus auf die Jagd zu gehen. Schon bald stürmten
sie, nur mit Pfeil und Bogen, Speer und Jagdmesser
bewaffnet, durch die Wälder um Camelot. Die begeister-
ten Rufe der Männer zerrissen die Stille zwischen den
Bäumen, die sich auf den Winter vorbereiteten. Erschreckt flüchteten die Vögel, die Hasen und Wildschweine. Als König Artus eine Hirschkuh aufstöberte,
die mit langen Sprüngen davonhetzte, gab es für ihn kein
Halten mehr. In rasender Jagd stürmte er auf seinem
Pferd durch das dichteste Gebüsch hinter der fliehenden
Hirschkuh her. Schon bald hatte er sich von seinen Rittern entfernt, und nur von weitem konnte er manchmal
noch den hellen Klang eines Jagdhorns hören. Auf einer
Lichtung, nahe einer klaren Quelle, schleuderte Artus seinen Speer und erlegte die Hirschkuh. Voller Freude
sprang er vom Pferd, um die erlegte Beute auszuweiden.
Doch da bemerkte er, wie ein gerüsteter und bewaffneter
Ritter auf ihn zuritt. Hastig suchte Artus auf dem Schild
des Ritters nach irgendwelchen Zeichen, welche ihm die
Herkunft des Reiters verraten konnten. Aber er fand
keine. Der Schild des Ritters war nachtschwarz, ebenso
seine Rüstung und sein Pferd.
Als der Fremde näherkam, bemerkte Artus, dass das Gesicht unter dem offenen Visier keineswegs freundlich
blickte. Mit einem scharfen Ruck am Zügel, parierte der
Ritter sein Pferd vor Artus. Dann lachte er böse. „Heute
ist wirklich ein Freudentag für mich. Bereitet Euch vor zu
sterben, König Artus, Eure Tage sind gezählt!"
Erschrocken wich Artus zurück. Er forschte in seinem
Gedächtnis, aber der Ritter war ihm fremd. „Wer seid
Ihr?" stieß er hervor und umklammerte sein Jagdmesser.

„Mein Name ist Gromer Somer Joure", antwortete der Ritter, „und vor Jahren habt Ihr mir meine Ländereien genommen, weil ich mich Euch nicht unterwerfen wollte. Heute ist der Tag der Rache." Damit zog er sein Schwert und wollte auf Artus einschlagen.

„Es war wohl richtig von mir, Euch die Ländereien wegzunehmen", schrie Artus erbost, „denn kein Ritter meines Landes würde in voller Rüstung mit einem Manne kämpfen, der nur in leichter Jagdkleidung, einzig mit einem Messer bewaffnet, vor ihm steht."

Gromer hielt inne und überlegte. „Ihr habt recht, König Artus. Niemand soll mir nachsagen können, ich hätte Euch ermordet, und so werde ich Euch die Möglichkeit geben, Euer Leben zu retten. Schwört mir bei Eurer Ehre, dass Ihr heute in einem Jahr wieder hier zu dieser Quelle kommt, allein und unbewaffnet. Falls Ihr die Aufgabe erfüllt, die ich Euch gebe, werde ich Euer Leben schonen. Falls nicht, werdet Ihr durch meine Hand sterben."

Da Artus keine Möglichkeit sah, dem schrecklichen Ritter auf andere Weise zu entkommen, willigte er ein und fragte nach der Aufgabe.

„Ihr sollt mir die Antwort auf die Frage bringen, was den Frauen das Allerliebste auf der Welt ist", knurrte Gromer, und dann trieb er sein Pferd schon wieder auf den dichten Wald zu. Sein siegessicheres Lachen dröhnte in Artus´ Ohren.

„Es gibt eine Antwort", schrie der Ritter, „aber Ihr werdet sie nicht finden! Gehabt Euch wohl und vergesst nicht, heute in einem Jahr werde ich auf Euch warten!"

Niedergeschlagen kehrte Artus zu seinem Gefolge zurück und berichtete den Rittern, was er erlebt hatte. Diese versuchten ihn aufzumuntern, doch erst als sein Neffe Gawein vorschlug, sich auf die Suche nach der richtigen

Antwort zu machen, hellte sich das Gesicht des Königs ein wenig auf.

So verabredeten Artus und Gawein, dass sie ausreiten wollten, um überall im Lande Männer und Frauen, alte und junge, um Antwort auf diese Frage zu bitten. Diese Antworten sollten in einem großen Buch aufgeschrieben werden, und damit wollte Artus dann zu seinem Treffen mit Ritter Gromer Somer Joure reiten.

Das ganze Jahr zogen Gawein und König Artus durch die Ländereien und sammelten die Antworten in dem großen Buch, das sie immer bei sich führten.

Schöne Kleider wünschten sich die Frauen, einen treuen, tugendhaften Mann, gesunde Kinder, immerwährende Schönheit, ein größeres Haus, den Mann der Nachbarin, ein langes Leben, Lob für ihre Lieblichkeit und vieles, vieles mehr. Jeden Abend las Artus die Antworten nochmals durch. Ihm wurde im Herzen bang, denn er konnte nicht glauben, dass sich irgendwo darin die Antwort verbarg, die Gromer Somer Joure zufriedenstellen würde.

Als Gawein und König Artus wieder am Hofe zu Camelot eintrafen, schritt Artus oft ruhelos durch seine Gemächer. „Was ist den Frauen das Allerliebste auf der Welt?" Immerzu zermarterte ihm diese Frage das Gehirn. Schließlich hielt er es nicht mehr aus. Eine Woche vor dem vereinbarten Tag ritt er alleine los. Er wollte nochmals versuchen, neue Antworten zu finden.

Im dunklen Wald von Inglerwood, nachdem er schon lange keine Menschenseele mehr gesehen oder gehört hatte, traf er die hässlichste alte Hexe, die jemals ein Mensch erblickt hatte. Ihr rotes, aufgequollenes Gesicht wurde von einer triefenden Nase beherrscht. Die gelben Zähne standen wie Wildschweinhauer vor. Um ihren breiten, sabbernden Mund sprossen einige lange, borstige Haare. Sie hatte einen dicken Hals und unförmige Brüste. Und dabei saß sie doch auf einem reich aufgezäumten, edlen Pferd.

Obwohl Artus noch nie eine abstoßendere Frau gesehen hatte, hielt er höflich sein Pferd an, trieb es ein wenig zur Seite und grüßte die Frau ritterlich.

Ohne Umschweife begann die Alte zu sprechen: „Keine der Antworten Eures Buches, König Artus, wird Euch vor dem Tode bewahren. Denn sie sind alle falsch. Wenn ich Euch nicht helfe, werdet Ihr bald überhaupt keine Hilfe mehr nötig haben!"

Verzweifelt wandte sich Artus an das hässliche Weib: „Dann sagt mir die Antwort. Wenn Ihr mir helfen könnt, helft mir! Ihr werdet es bestimmt nicht bereuen!"

„Einen Wunsch müsst Ihr mir erfüllen, König Artus", fuhr die Frau fort, „dann werde ich Euch retten."

„Sagt, was Ihr begehrt."

„Ihr müsst mir einen Eurer Ritter zum Manne geben, und zwar Herrn Gawein", forderte das Weib und lachte dabei aus vollem Hals, dass ihr schlechter Atem Artus ins Gesicht schlug.

Angewidert sah dieser zur Seite. „Das kann ich nicht", murmelte er. „Ich kann Gawein nicht zwingen, Euch zu ehelichen, und das würde ich auch niemals tun."

„Ihr sollt ihn nicht zwingen, König Artus. Reitet zurück zum Schloss und berichtet ihm von meiner Forderung. Falls meine Antwort Euch nicht das Leben rettet, werdet Ihr mich nie wiedersehen, und auch Gawein wird nichts mehr von mir hören. Berichtet ihm alles von mir. Ich bin zwar hässlich und missgestaltet, doch habe ich eine fröhliche Natur und ein sanftes Gemüt. Morgen will ich hier an dieser Stelle wieder auf Euch und eine Antwort warten."

Schweren Herzens und voll düsterer Vorahnungen ritt Artus zurück zum Schloss. Dort ließ er seinen Neffen Gawein zu sich in eine stille Kammer des Schlosses holen und berichtete ihm von seiner Begegnung. Er verschwieg nichts von der Hässlichkeit des Weibes, manchmal übertrieb er sogar noch ein wenig.

Ohne zu zögern sagte Gawein, als Artus seinen Bericht beendet hatte und schwieg: „Lieber würde ich sterben, Artus, als Euch tot zu sehen. Reitet morgen zu der Frau und richtet ihr aus, dass ich sie ehelichen werde, wenn ihre Antwort Euch vor Ritter Gromer rettet."

Gerührt bedankte sich Artus: „Ihr seid wirklich der edelste Ritter des Landes. Und doch, ich weiß nicht, ob ich Euch dies zumuten kann!"

„Ich würde die Frau selbst dann heiraten, wenn sie hässlicher wäre als der Leibhaftige, um Euch zu retten", schwor Gawein und ließ keine Einwände mehr gelten.

Am nächsten Morgen ritt der König wieder alleine in den Wald von Inglerwood. An der selben Stelle wartete schon das scheußlich anzusehende Weib: „Nun, König Artus, welche Auskunft könnt Ihr mir geben?"

„Es soll sein, wie Ihr es wünscht", sagte Artus und schlug die Augen nieder.

„Gut", fuhr die Alte fort, „dann will ich Euch die Antwort geben. Hört genau zu, König Artus. Es ist ein Ding, von dem alle Frauen, die hohen wie die niedrigen, die armen wie die reichen, die alten wie die jungen, die schönen wie die hässlichen, die dummen wie die klugen, träumen. Vor allem anderen auf der Welt wollen sie die Männer beherrschen. Das ist ihr sehnlichster Wunsch. Nun geht beruhigt zu Ritter Gromer Somer Joure. Er wird diejenige verfluchen, die Euch dies verraten hat, aber das macht nichts. Und zu Gawein sagt, dass ich heute in sieben Tagen zu ihm kommen werde. Er soll die Hochzeit vorbereiten. Richtet ihm aus, seine Frau wird Ragnell sein, die Hexe."

Daraufhin wandte das hässliche Weib ihr edles Pferd und ritt in den düsteren Wald von Inglerwood. Niedergeschlagen und traurig blieb Artus zurück.

Am Tage seines Treffens mit Gromer ritt der König, wie versprochen, unbewaffnet und ohne Begleitung mit dem dicken Buch in den Wald, um sich an der Quelle mit dem Ritter zu treffen. Dieser wartete schon und sah ihm höhnisch lächelnd entgegen.

„Nun, König Artus", begann der hünenhafte Recke, „lasst die Antwort hören." Wortlos reichte ihm Artus das dicke Buch, in welchem die vielen Antworten aufgeschrieben waren.

Gromer Somer Joure blätterte darin und las aufmerksam. Oftmals lachte er laut und schüttelte den Kopf. „Nein, nein", rief er dann und klappte das Buch mit lautem Schlag zu. „Keine dieser Antworten ist richtig. Macht Euch also bereit zu sterben."

König Artus seufzte tief. Nun musste er also doch die Antwort der Hexe Ragnell versuchen. Insgeheim hatte er gehofft, dass eine der Antworten des Buches richtig sein würde. Er hätte Gawein gerne die Schmach dieser Heirat erspart.

Ritter Gromer stand vor ihm, mit dem blanken Schwert in der Hand. „Kommt herunter, Artus!" befahl er. „Oder muss ich Euch an Euer Versprechen erinnern?"

„Nein, das müsst Ihr nicht", erwiderte der König, „aber ich will Euch noch eine letzte Antwort auf Eure Frage geben. So hört denn: Das Allerliebste, was sich Frauen auf dieser Welt wünschen, ist, die Männer zu beherrschen!"

Ritter Gromer Somer Joure wurde bleich vor Enttäuschung und Wut. „Dies kann Euch nur meine Schwester Ragnell gesagt haben", brüllte er mit zornesrotem Gesicht. „Ich wünschte, sie würde auf dem Scheiterhaufen brennen, diese verfluchte Hexe!"

Er stieg in den Sattel und galoppierte davon.

Obwohl Artus dieses Abenteuer gut überstanden hatte und ihm kein Leid geschehen war, ritt er bedrückt zurück nach Camelot. Die Ritter, allen voraus Gawein, freuten sich sehr, als sie sahen, dass Artus wohlbehalten zurückkehrte. Und Gawein, der seinen Oheim in die Arme nahm, zögerte auch jetzt keinen Augenblick: „Wir wollen die Hochzeitsfeier vorbereiten", sprach er, „ich habe mein Wort gegeben und dem werde ich mich nicht entziehen."

So wurde überall im Lande bekanntgegeben, der edle Ritter Gawein gedenke die Dame Ragnell zu ehelichen. Die Edelleute und Lehensmänner wurden an den Hof zu Camelot eingeladen, und alle kamen, denn Gawein war ein sehr bekannter und beliebter Ritter.

Am Tage vor der Hochzeit erschien auch die hässliche Dame Ragnell am Hof. Es war mit einem Schlage totenstill im großen Saal. Erschrocken bissen sich die Ritter der Tafelrunde auf die Lippen, als sie erfuhren, dies solle die Ehefrau des edlen Ritters Gawein werden. Sie schüttelten die Köpfe über die abgrundtiefe Hässlichkeit des Weibes. Die Edelfrauen und Mädchen zogen sich in ihre Kemenaten zurück und weinten wohl manch bittere Träne, denn Gawein war auch bei den Frauen sehr beliebt und begehrt. Obwohl König Artus die Hochzeit gerne in der kleinen Kapelle des Schlosses ausgeführt hätte, bestand die Dame Ragnell darauf, in der großen Kathedrale zu heiraten. Auch sollte das anschließende Festmahl nicht im engsten Kreise, sondern im Festsaal von

Camelot gemeinsam mit allen Edelleuten, Lords, Baronen, Rittern und deren Frauen eingenommen werden. Widerstrebend beugte sich Artus den Wünschen der Dame Ragnell, da auch Gawein dagegen keine Einwände erhob.

Dem Priester zitterte die Hand, als er die Eheleute vor dem Altar mit dem Heiligen Wasser besprengte und ihnen die Hände zusammenlegte. Mehrmals bekreuzigte er sich danach heimlich unter seiner Soutane. Diese Hochzeit war ihm nicht geheuer, und ihm schien nicht alles mit göttlichen Dingen zuzugehen.

Beim folgenden Festmahl bogen sich die schweren Eichentische unter der Last der Speisen, aber vielen der Gäste blieben die Bratenstücke im Hals stecken, als sie sahen, wie die Dame Ragnell sich über das Essen hermachte. Drei Fasane und ebenso viele Kapaune schlang sie gierig hinunter. Mit bloßen Fingern riss sie das Fleisch von den Knochen, und Fett und Bratensaft rann ihr aus dem Mund über die Wangen, den dicken, unförmigen Hals hinunter. Gawein reichte ihr die Speisen in höfischer Art und Weise, sprach freundlich zu ihr, und nur manchmal, wenn er sich abwandte, konnte man sehen, wie er gequält ein wenig sein Gesicht verzog. Kay, der Seneschall, murmelte halblaut vor sich hin, was viele dachten: „Wen immer diese Dame küsst, der soll sich hüten. Ich würde um mein Leben fürchten bei diesen Küssen!"

Nach dem ausgedehnten Festmahl zogen sich Gawein und Ragnell in ihre Gemächer zurück. Viele Ritter folgten mit mitleidigen Blicken dem Paar und seufzten tief auf. Lieber wären sie eine Woche durch den Wald der Abenteuer in Broceliante geirrt, als den schweren Gang Gaweins auf sich zu nehmen.

Gawein und Ragnell lagen inzwischen auf dem breiten Lager. Die Kerzen waren gelöscht, und nur der Mond verschwendete einige seiner Strahlen und beleuchtete das Zimmer. Voller Zweifel und niedergedrückt von soviel erwartungsvoller Hässlichkeit neben sich, wagte Gawein nicht, seiner Gemahlin ins Gesicht zu schauen oder sie gar zu küssen.

Schließlich hörte er die Stimme Ragnells neben sich: „Ach, Herr Gawein, mein teurer Mann, ich bitte Euch, da Ihr mich schon geehelicht habt, erweist mir doch ein wenig Höflichkeit im Bette. Wäre ich schön, ich weiß wohl, Ihr würdet Euch anders betragen. Doch diesen Wunsch könnt Ihr mir billigerweise nicht abschlagen, sonst würdet Ihr den Ehestand recht gering achten. Ich bitte Euch, küsst mich wenigstens."

Gawein atmete tief durch und raffte all seinen Mut zusammen. Dann sprach er: „Mehr will ich tun, als Euch zu küssen. Ich habe es geschworen, heute in der Kathedrale, und Ihr sollt nie mehr sagen, dass ich den Stand der Ehe nicht achten würde!"

Damit schloss er die Augen und wandte sich Ragnell zu. Noch nie war ihm ein ritterliches Abenteuer so schwer erschienen. Doch er nahm seine Frau in den Arm und berührte mit seinem Mund ihre Lippen. Ragnell presste sich an Gawein, der die Augen noch immer fest verschlossen hatte, und küsste ihn leidenschaftlich. Der edle Ritter erwiderte ihren Kuss. Dann schlug er die Augen auf und fuhr erschrocken hoch.

„Wer seid Ihr?" stammelte er.

Neben ihm lag eine junge, wunderschöne Frau, die keinerlei Ähnlichkeit mit der abstoßenden Ragnell hatte.

„Was ist geschehen?" Gawein wähnte sich in einem Traum, aus dem er jeden Augenblick erwachen würde.

„Ich bin die Dame Ragnell, Eure Gemahlin, Herr Gawein", sagte die Frau und lächelte. „Ein böser Fluch lastet auf mir. Durch die Heirat und Euren Kuss habt Ihr einen Teil des Fluches von mir genommen. Jetzt könnt Ihr meine wahre Gestalt sehen."

Gawein war außer sich vor Freude und Verlangen nach Ragnell.

Immer wieder umarmte er sie und beteuerte ihr seine Liebe.

Doch Ragnell fuhr fort: „Ihr müsst Euch nun entscheiden, Gawein. Ihr könnt mich entweder des Nachts schön, jung und begehrenswert haben oder tagsüber. Der Fluch ist noch nicht gebrochen, und so kann ich Euch nur zu einer Hälfte des Tages in meiner wirklichen Gestalt erscheinen. Den anderen Teil des Tages muss ich in der abstoßenden Gestalt der Hexe zubringen."

Lange Zeit überlegte Gawein. Wollte er seine Frau schön und hold in der Nacht und hässlich am Tage oder umgekehrt? Dann seufzte er laut: „Die Wahl fällt mir sehr schwer", bekannte er. „Ich würde mich für Euch grämen, wenn Ihr tagsüber so hässlich sein müsst, dass Euch kein Mensch gerade in die Augen schauen kann und alle mit dem Finger auf Euch deuten. Aber falls Ihr am Tage schön wärt, hätte ich in der Nacht ein recht unliebsames Bett. Ich weiß nicht, was die beste Wahl ist. Und deshalb lege ich die Wahl in Eure Hand. Ihr seid meine Frau, und daher sollt Ihr entscheiden."

Freudestrahlend umarmte Ragnell ihren Mann. „Ihr seid wahrlich der höflichste und edelste Ritter der Welt. Durch diese Worte habt ihr mich von dem Zauber erlöst. Da Ihr mir die Wahl überlassen und nichts von mir gefordert habt, hat der Fluch nun keine Macht mehr über mich."

Die beiden küssten und liebten sich, und wohl niemand in Camelot und ganz Logries war in dieser Nacht glücklicher als Ragnell und Gawein.

Am nächsten Morgen wartete Artus voller dunkler Ahnungen auf Gawein. Aber sein Neffe erschien nicht in der Kapelle zur Frühmesse, und auch danach blieb er verschwunden. Schließlich hielt der König es nicht mehr länger aus. Leise schlich er vor die Tür zu Gaweins Gemach und legte sein Ohr an das Holz. Außer einem tiefen Atmen und manchmal einem leisen Schnarchen hörte er jedoch nichts.

Zögernd klopfte Artus an der Tür und rief nach Gawein. Lange Zeit rührte sich nichts in dem Raum, und fast wäre Artus einfach ohne Erlaubnis eingetreten, so sehr war er in Sorge um seinen Neffen.

Doch da öffnete sich die Tür, und Gawein stand strahlend vor ihm. An seiner Seite sah Artus eine wunderschöne, junge Frau. „Dies ist meine Frau, die Dame Ragnell", sagte Gawein und nahm sie in den Arm.

„Euch hat sie das Leben gerettet, Artus, mir hat sie gezeigt, dass die Macht der Liebe jeden bösen Fluch zerbrechen kann."

(Nach einem Märchen aus dem Sagenkreis um König Artus. Siehe auch: Roland Kübler, Die Sagen um Merlin, Artus und die Ritter der Tafelrunde, Verlag Stendel, Waiblingen).

TRAUMSEGEL

In einem fernen Land, in dem es durchaus nicht immer so gut war, wie in alten Märchen erzählt wird, und in dem doch die wunderbarsten Dinge so alltäglich waren, dass niemandem auch nur im geringsten auffiel, wie wunderbar all diese Dinge in Wirklichkeit sind, lebten ein Mann und eine Frau zusammen.

Das ist nun wahrlich nichts, über was sich ein Märchen erzählen ließe, sagt ihr.

Da muss ich euch Recht geben. Das wäre wahrlich nichts besonderes.

Was den beiden aber widerfuhr und wie es ihnen erging, das hört euch an und erst dann urteilt ob ich nicht recht getan habe, die Geschichte für euch aufzuschreiben.

Es war einmal, vor noch nicht allzu langer Zeit, dass ein Mann und eine Frau, die schon viele Jahre mehr recht als schlecht miteinander verbracht hatten, eines Morgens gemeinsam aufwachten. Und das war wahrlich noch nie vorgekommen, solange die beiden das Lager teilten. Im selben winzigen Augenblick des unendlichen Sternentaktes hoben sie die Lider, um einen neuen Tag zu begrüßen.

Die beiden schauten um sich, so erstaunt und ungläubig wie wohl zuletzt als Kinder, als sie zum ersten Mal erfahren durften, wie sich die Welt verändert, wenn es schneit.

„Du bist schuld!" sagte die Frau.

„Äh", sagte der Mann und schloss wieder die Augen.

Die Frau schlug die Decke zur Seite und ging aus dem Zimmer.

Der Mann öffnete nach einiger Zeit die Augen und ließ sie starr und weit aufgerissen, bis sie schmerzten. Dann presste er die Lider wieder zusammen. Aber was er gesehen hatte, blieb in seinem Kopf und verschwand nicht.

Es war alles, wie es sein sollte. Der Schrank war ein

Schrank und stand dort, wo der Schrank zu stehen hatte, weil er da schon immer stand. Der Stuhl war ein Stuhl und stand dort, wo der Stuhl zu stehen hatte, weil er da schon immer stand. Das Bild war immer noch ein Bild und hing da, wo es zu hängen hatte, weil es da schon immer hing - aber etwas war anders mit Bild, Stuhl und Schrank. Etwas war so, wie es nicht sein sollte und nicht sein durfte.

Der Mann stürzte aus dem Bett. Er wollte zum Spiegel, wollte sehen, was er nicht glauben konnte.

Tatsächlich! Grau und fahl starrte ihm sein Antlitz daraus entgegen. Alle Farbe war aus seinem Gesicht gewichen. Aus seinem Gesicht?

Nein! Alles was er sah, war grau in grau.

Entweder hatten sämtliche Farben über Nacht die Welt verlassen, oder aber er war farbenblind geworden!

Wenn er sich jedoch recht erinnerte, hatte seine Frau ihr gemeinsames Nachtlager mit dem Satz verlassen: „Du bist schuld!"

Weshalb sollte er an seiner eigenen Farbenblindheit schuld sein? Verwirrt hastete er in die Küche. Dort saß seine Frau vor einer Tasse dampfenden Tees und grummelte mit halb geschlossenen Augen vor sich hin.

„Ich sehe keine Farben mehr!" stammelte der Mann.

Die Frau schien ihn überhaupt nicht zu bemerken.

„Hörst du nicht?" Er packte sie bei der Schulter und drehte sie zu sich.

„Du bist schuld!" stellte die Frau fest und wischte die Hand des Mannes von ihrer Schulter, als ob sie ein Staubtuch schwingen würde.

Dem Mann hatte es den Atem verschlagen. Seufzend ließ er sich auf seinen Lieblingsstuhl fallen, den zu allem Ärger die Morgensonne noch nicht erwärmt hatte.

Und dann sagte seine Frau zu ihm: „Ich habe geahnt, dass es eines Tages so kommen muss. Jetzt hast du mir auch noch die allerletzten Farben genommen!"

„Aber ich. . .", stotterte der Mann.

Doch seine Frau unterbrach ihn: „Ich hätte es wissen müssen, schon damals, als wir uns kennenlernten!"

„Aber ich. . .", versuchte es der Mann noch einmal.

„Ich gehe!" sagte die Frau in einem Ton, der all das Grau, welches die beiden in der einstmals buntgeschmückten und bemalten Küche wie schmutziger Nebel umfing, noch ein wenig grauer, trister und lebloser werden ließ.

•

So grau wie dieser Tag begonnen hatte, mühte er sich über den Mittag in den Abend. Die zwei gingen mit verkniffenen Gesichtern irgendwelchen unaufschiebbaren, wichtigen Alltagsgeschäftchen nach und vermieden es, sich anzusehen oder gar miteinander zu reden. Müde kroch der Mann am Abend unter seine Decke.

Da er am nächsten Morgen früh aufstehen wollte, aber öfters verschlief, legte er seiner Frau, die noch in der Küche werkelte, einen kleinen Zettel auf das Kissen.

„Weck mich morgen, wenn die Sonne aufgegangen ist."

Dann drehte er sich zur Seite und versuchte, so schnell als möglich einzuschlafen. Als er am Morgen erwachte, war die Sonne schon weit in den Himmel gestiegen. Ärgerlich drehte er sich zur Seite. Seine Frau lag nicht neben ihm, aber er fand ein Blatt Papier auf ihrem Kissen: „Steh auf! Die Sonne ist aufgegangen!"

•

Amru streckte die Zunge noch ein wenig weiter heraus, obwohl er schon am Würgen war.

„So ist es gut", sagte Schmeldik, einer der vielen in der Stadt, die ein Bild der Sonne über ihrer Tür befestigt hatten, um zu zeigen, dass sie sich auf irgendeine der unterschiedlichsten Methoden der Heilkunst verstehen. Mit einem metallenen Stab drückte er die Zunge des Mannes nach unten und spähte in dessen Schlund wie ein Specht in eine eben aufgepochte alte Eiche.

„Mhm", nickte der Heiler vieldeutend und schob Amrus Zunge zur Seite. „Mhm! Das sieht nicht gut aus!"

Kopfschüttelnd neigte sich Schmeldik über einige in Ehren verschmuddelte Folianten und blätterte bedeutungsschwanger hin und her und her und hin.

„Gar nicht gut!" bekräftigte er und wandte sich wieder Amru zu. „Eure Zunge ist belegt. Das ist ein schlechtes Zeichen!"

Der Wein des Brunnenwirtes war schlecht gestern abend, dachte Amru. Daher rührt der Belag. Die Zunge des Brunnenwirtes sollte man mit einer Rasierklinge abschaben, dass er nie wieder auf den Gedanken kommt, solch einen Fusel auszuschenken.

Endlich hatte Schmeldik seine Untersuchungen abgeschlossen und bat Amru mit ernster Stimme, in einem breitgepolsterten Ledersessel Platz zu nehmen.

Trau nie einem Mann, der seinem eigenen Hosenknopf so sehr misstraut, dass er ihn mit Gürtel und Hosenträgern sichert! schoss es Amru durch den Kopf, als Schmeldik vor ihm stand.

„Ich will Euch nichts vormachen", sagte dieser und musterte dabei mit Interesse seine Fingernägel. „Wir stehen vor einem ernsten Problem! Ich nehme an, die Überfülle in Eurem Kopf ist für all dies verantwortlich. Abhilfe könnte ein kleines Löchlein schaffen, welches ich mit Hilfe dieses, von mir selbst konstruierten, einmaligen Gerätes . . .", Amrus Augen wurden größer und größer, während Schmeldik in der Schublade eines kleinen Schränkchens kramte, „... fast ohne dass Ihr es merkt, fertigen könnte."

Doch Amru wollte nichts von Löchern in seinem Kopf wissen und verließ leise den Raum.

•

„Oh, ooh. Oooh. Oh! Gar nicht gut. Uberhaupt nicht gut. Kein bisschen gut! Eher schlecht!" Smirna, eine der vielen Heilerinnen der Stadt mit dem Zeichen des Mondes an ihrem Haus, schüttelte betrübt das früh ergraute Haupt. Emra schloss erschöpft die Augen. Hatte sie wirklich anderes erwartet?

„Und seit wann", fragte Smirna mit einfühlsamer Stimme, „seit wann haben wir diese Beschwerden?"

„Wir", dachte Emra im ersten Moment. „Wir? Dusslige Kuh!" Doch dann sammelte sie ihre Gedanken.

„Also wirklich schlimm wurde es gestern morgen", gab sie Auskunft.

„Das heißt also, dass Ihr auch schon zuvor Beschwerden verspürtet!" stellte Smirna mit gewichtigem Unterton fest.

Emra nickte. Was sollte sie auch sagen? Schon seit einigen Monaten hatte sie bemerkt, wie die Sehkraft ihrer Augen immer weiter nachgelassen hatte. Allerdings war dies alles sehr eigenartig gewesen. Die erste Veränderung hatte sie eines Morgens beim Aufschütteln des gemeinsamen Nachtlagers gespürt. Die Farben der Decken und Kissen schienen seltsam verblasst. Emra hatte dies auf die mangelnde Färbung des Stoffes geschoben. Doch auch die prächtig blühenden Pflanzen in ihrem Garten hatten nach und nach die Farben verloren, obwohl Emra sie goss, düngte, den Boden harkte und das Unkraut jätete. Amru hatte zu all dem nichts gesagt. Also hatte auch sie geschwiegen.

„Der Mond", flüsterte die Heilerin geheimnisvoll. „Ihr habt den Mond missachtet! Es ist ganz eindeutig!"

Mit einer beiläufigen Handbewegung bedeutete sie Emra, dass sie sich ankleiden könne.

„Öffnet Euch wieder dem Mond, vertraut ihm und vertraut vor allem mir. Kommt an jedem zweiten Tag der Woche zu mir. Mit einem Kreis gleichgesinnter Frauen singen wir dem Mond die Lieder, welche ich komponierte. Sie werden Euch heilen!"

„Der Mond", seufzte Emra leise, „auch dessen Farben hat er mir genommen!"

„Und dass Ihr mir morgen wiederkommt, um Eure Medizin abzuholen, die ich für Euch bereiten werde."Die Heilerin stand mit erhobenem Zeigefinger vor Emra. „Darum müssen wir uns wirklich sofort kümmern. Das kann keinen Aufschub vertragen. Aber wir werden das schon wieder richten!"

Emra stand auf und kehrte Smirna wortlos den Rücken.

•

Es war kalt in der Küche, und über das Verschwinden der Farben hatten die beiden noch kein Wort miteinander gesprochen. Ansonsten hatten sie allerdings auch noch nicht miteinander gesprochen.

Mit finsterem Blick versuchte Emra das Feuer im Herd neu zu entfachen. Als sie in die aufglimmende Glut blies, wirbelte ein Rest alter Asche auf. Sie hustete und grummelte missmutig vor sich hin: „Muss ich mich denn wirklich um alles kümmern?"

„Blas nicht so kräftig, dann musst du dir nicht ständig das Gesicht waschen, wenn du Feuer machst!" stellte Amru fest, ohne aufzusehen.

„Auf solche Ratschläge kann ich verzichten", keifte Emra. „Ich bin ja selbst schuld! Schon damals habe ich es gewusst, aber ich habe nicht auf die warnende Stimme in mir gehört! Wie sollte auch jemand, der so gelebt hat, sich ändern können? Was habe ich denn erwartet?"

Dann wandte sie sich ihrem Mann zu und fuhr ihn an: „Ich weiß nicht, wie du das wieder fertiggebracht hast. Aber sei dir sicher, ich lass mir meine Farben nicht nehmen! Und schon gar nicht von dir!"

Amru war mit jedem Satz ein wenig tiefer auf seinem Stuhl zusammengesunken. Doch jetzt strafften sich seine Schultern. „Du hast wirklich nichts dazugelernt in all den Jahren!" wetterte er. „Noch immer redest du, bevor du denkst. Und wenn dir etwas unerklärlich ist, dann kann natürlich nur ein anderer daran schuld sein!"

Amru stand auf, ging in die Speisekammer, füllte einen Korb und zog seinen Mantel über.

„Erwachsensein beginnt, wenn die Schuld nicht immer nur bei anderen liegt", sagte er grimmig und schlug die Tür heftig hinter sich ins Schloss.

•

Einst war dieser Hügel über der Bucht, in welche sich der Hafen der Stadt schmiegte, ein Heiligtum für Amru und Emra gewesen. Denn hier auf diesem Hügel hatten die beiden sich vor langen Jahren kennengelernt. In Nächten voll weichen warmen Mondlichtes und sonnen-durchfluteten Tagen. Diese Zeit war schon längst vergangen. Dennoch zog es Amru am heutigen Abend an jenen schon fast vergessenen und doch so vertrauten Platz. Er musste nachdenken und zwar dringend. Schon immer hatte er all diejenigen beneidet, die keine Zeit brauchten, um über Wichtiges oder weniger Wichtiges nachzudenken und sofort eine anscheinend sichere Meinung von sich geben konnten. Zu allem Ärger selbst dann, wenn sie überhaupt nicht gefragt worden waren.

Amru brauchte Zeit.

Also hatte er sich einen Krug Wein genommen (den er nicht beim Brunnenwirt gekauft hatte), Brot und Käse, seine Lieblingspfeife und sich auf den Weg zum Hügel vor der Stadt gemacht. Der Himmel war düster und be-wölkt. Ein grauer Tag, auch für all diejenigen, die noch alle Farben der Welt sehen konnten, neigte sich langsam aber unaufhaltsam seinem Ende entgegen. Lange Stunden saß Amru fast unbeweglich, starrte hinunter in den Hafen, in dem auch sein Schiff vertäut lag und versuchte zu begreifen, was denn geschehen sein könnte.

•

Emra verharrte auf ihrem Weg und ihre Augen trauerten, als sie im nächtlichen Himmel nach dem Schein des Mondes suchte. Schwarz und grau und grau und schwarz, mehr konnte sie nicht unterscheiden. Es musste eine heimtückische Krankheit sein, mit der ihr Mann sie da angesteckt hatte.

Plötzlich stockte ihr Schritt. Oben auf dem Hügel leuchtete kurz ein kleines Rund heftig auf. Zunächst erschrak Emra, doch dann wurde sie wütend. Gerade an dem

Platz, den sie sich ausgesucht hatte für diese Nacht, schien jemand zu sitzen und Pfeife zu rauchen. Und wenn sie sich die Schattengestalt genauer ansah und diesen scheußlichen Knaster roch, konnte da oben nur Amru, ihr Mann, sitzen. Emra blieb nur kurz stehen, dann stemmte sie die Fäuste in die Hüften und ging weiter. Dies war schließlich ihr Lieblingsplatz, und den gedachte sie sich von niemandem, und erst recht nicht von ihrem Mann, wegnehmen zu lassen.

„Dein Tabak stinkt, als wolltest du die Nacht erschrecken!" sagte sie und blieb neben Amru stehen. Der zuckte zusammen, erkannte seine Frau, schaute zu ihr und dann auf seine Pfeife.

„Mir schmeckt er!" Er nahm einen tiefen Zug und schloss die Augen, während er den Rauch wieder ausstieß.

„Also!?" Emra hatte sich nicht bewegt.

„Was also?" wollte ihr Mann wissen.

„Machst du sie nun endlich aus?"

Liebevoll bettete Amru den warmen Pfeifenkopf in seine Handfläche. Mit einem Finger strich er gedankenverloren über das Mundstück. „Ich denke nicht daran!" stellte er fest, ohne seine Stimme zu erheben. Wieder nahm er einen tiefen, genussvollen Zug.

Das macht er nur, um mich zu ärgern, begann es in Emra zu brodeln.

Da sagte Amru leise: „Auch ich sehe keine Farben mehr. Heute morgen war ich bei einem Heiler, der wollte mir allen Ernstes ein Loch in den Kopf bohren!"

Emra ließ ein wenig Luft zwischen den Lippen entweichen. „Auf diese Idee hätte ich eigentlich schon vor Jahren kommen können", murmelte sie und setzte sich.

„Hast du noch etwas zu essen für mich?"

Amru nickte und kramte in dem Korb.

„Käse?" sagte sie vorwurfsvoll. „Du weißt doch genau, dass ich keinen Käse mag!"

„Habe ich dich vielleicht eingeladen, mit mir zu essen?" brummte Amru und hüllte sich in eine gewaltige Wolke Rauch. Dann legte er den Käse zurück in den Korb und griff nach dem Weinkrug.

Weit entfernt, in einer dunkelsamtenen Falte des nächtlichen Vorhangs, sichelte ein schmaler Mond über den Horizont.

„Der Mond", hauchte Emra.

Missmutig blickte Amru hinüber. „Ein grauer Fleck, der aussieht wie eine schimmelübersäte Banane!"

„Aber nein", widersprach Emra. „Na ja, er ist ein wenig blass geworden, aber ich weiß, wie er aussieht!"

„Na, dann beschreib ihn mir doch mal", forderte sie ihr Mann auf.

„Nun, in der Mitte der Sichel glänzt er goldgelb wie reifer Sommerweizen, und zu den Spitzen hin leuchtet er in reinem Silber . . ."

„Du sollst mir sagen, was du wirklich siehst, nicht was du gerne sehen würdest", unterbrach sie Amru barsch.

„Ich sage, was ich sehe!" fuhr Emra auf. „Wenn dir das nicht passt, dann hör doch weg. Gib mir was zu trinken!"

Amru reichte ihr den Becher. Emra nahm einen Schluck und schaute wehmütig in den Nachthimmel.

„Mhm", sagte sie dann.

Amru schloss die Augen und legte den Kopf auf die Knie, als seine Frau weitersprach: „Er steht am Himmel wie ein weitgeöffneter großer Mund, der dem Weltall seinen Atem einbläst und . . ."

... und dann erzählte sie von den Tälern der Sehnsucht auf dem Mond und den Hügeln der Wandlungen, von Ebenen voller Sternenstaub und vom Gesang der magischen Mondsteine, von denen es heutzutage allerdings nur noch wenige gibt. Amru saß, schwieg und hielt die Augen geschlossen.

„Schläfst du schon?" Emra knuffte ihren Mann in die Seite.

„Autsch!" fuhr dieser hoch. „Jetzt hast du mich gestört, und ich kann ihn nicht mehr sehen!"

„Was? Wie? Wen?" Erstaunt sah sich Emra um.

„Den Mond", bekam sie Antwort. „Ich habe mit geschlossenen Augen den Mond gesehen, und er leuchtete in goldenem Schimmer."

„Sag ich doch", lachte Emra.

Aber als beide in den Nachthimmel schauten, hing da nur eine schimmelübersäte Banane krumm und schief über dem Horizont.

Amru starrte versonnen auf das Meer. „Damals, als der Mond noch war, wie du ihn gerade beschrieben hast, war auch das Meer ...", seine Stimme brach heiser ab.

„Erzähl mir, wie es war für dich, das Meer", forderte Emra ihn auf.

Amru schloss die Augen. Und dann erzählte er von Wellen und Wind und geifernder Gischt. Vom unbeschreiblich großen Schweigen des Meeres und was während dieses Schweigens gehört wird von dem, der das Schweigen hören kann, und von der warmen, weichen Dünung, die im Abendlicht gemächlich über weiße Strände rollt. Er sprach von den ewig suchenden Wellen ohne Wiederkehr, von den kleinen Schaumkronen, die sie mit sich führen und von den geheimnisvollen Inseln der Glückseligkeit, die scheinbar ohne Sinn und Ziel über die Meere treiben.

„Welche Krankheit hat uns in ihrem Griff?" murmelte Emra versonnen. „Was ist geschehen mit uns?"

Amru hielt sich die Schläfen und schüttelte niedergeschlagen den Kopf. „Ich weiß es nicht", brummte er. „Ich
weiß es nicht."

So saßen die beiden und schwiegen in die Nacht hinaus,
bis schließlich die Dämmerung den neuen Morgen ankündigte. Weit draußen am Horizont zogen einige Wolken auf. Weißgeflockte Schäfchen ohne Hirte auf der
Weide der Unendlichkeit. Zart kräuselte sich das mor-
gendliche Meer im frühen Dunst.

Amru hob den Kopf und schnüffelte wie ein junger
Hund, dem ein vorüberhuschender Windhauch die
Ahnung eines vertrauten Geruches zugetragen hat.

„Es wird Sturm geben", stellte er fest.

„Red doch nicht", entgegnete seine Frau. „Fast alle Wolken haben sich verzogen. Die Sonne strahlt und das Meer
ist voller Frieden!"

„Noch", sagte ihr Mann und stand auf. „Ich schaue nach
dem Schiff."

Früher hieß das noch unser Schiff, dachte Emra und sah
ihm nach, wie er den Hügel hinab zum Hafen ging.

•

Als Amru am Nachmittag zurück ins Haus kam, begannen sich unheilverkündende Wolkenberge am Horizont
aufzutürmen und über den Himmel zu jagen. Eine erste
Sturmbö fauchte um die Schutzmauern des Hafens. In
den Wanten der Fischerboote begann es zu singen, lose
Tauenden schlugen dazu einen dumpfen Takt. Große
Wellen drückten in den Hafen wie eine hungrige
Schweineherde in den heimatlichen Stall. Die Boote begannen sich zu wiegen, hoben und senkten sich ächzend. Ein greller Blitz zerriss den dunklen Himmel. Einen

langen Atemzug herrschte angespannte Stille in diesem Teil der Welt. Dann erschütterten gewaltige Donnerschläge Bucht und Boote, Häuser und die Herzen der Menschen, die der Nacht entgegenbangten.

Ruhelos war Amru die letzten Stunden von einem Zimmer ins andere gegangen. Der Wind rüttelte im Gebälk, fuhr johlend unter lockere Ziegel, heulte und pfiff um den Kamin. Die Bäume im Garten lagen krumm und schief im Sturm. Gischtflocken wirbelten bis weit ins Land hinein, und immer häufiger war durch das Getöse des Unwetters ein gequälter, langgezogener Ton zu vernehmen.

Amru war in die Küche gekommen, eingemummt in seine schwerste Arbeitskleidung. Er kramte in allerlei Schränken und Schubladen, entnahm hier etwas und da.

„Schnell, zieh dir warme Kleidung über und nimm Essen und Trinken mit! Wir müssen das Schiff aus dem Hafen bringen!" sagte er und wollte aus der Tür stürzen.

„Was?" Emra starrte ihren Mann fassungslos an. „Bist du nun von allen guten Geistern verlassen? Wenn dir der Heiler nur das Loch in den Kopf gebohrt hätte! Weshalb willst du auslaufen bei diesem Sturm?"

„Hörst du nicht?" Amru war der Verzweiflung nahe. Wieder übertönten kreischend klagende Laute das Toben von Wind und Wellen. „Das sind die Schiffe im Hafen!"

„Keine zehn Ackergäule bringen mich in solch einer Nacht vor mein Haus, geschweige denn auf ein Schiff!" Emra fröstelte.

„Dann muss ich es alleine versuchen!" Der Sturm brach tosend in das kleine Haus, als Amru hastig die Tür öffnete, um sich dem nächtlichen Unwetter entgegenzustemmen.

•

Amru war nicht der einzige Fischer des Dorfes, der in den Hafen geeilt war. Überall zurrten die Männer Taue und Trossen fest, überprüften Knoten, Ankerketten und Masten. Doch keiner von ihnen dachte wie Amru daran, sein Schiff zum Auslaufen bereitzumachen. Dieser jedoch spürte, was geschehen würde. Solch einen Sturm hatte er Zeit seines Lebens nicht erlebt. Geifernde Gischt tobte durch die Luft, die aufgepeitschte Dünung brach immer öfter hoch über die Hafenmauer und rüttelte an den aufgeschichteten Felsbrocken. Es konnte nur noch eine Frage der Zeit sein, bis das brüllende Meer sich einen Weg durch die Mole geschlagen hatte, um im Hafen zu wüten wie ein Fuchs im Hühnerstall. Amru schrie den anderen zu, ihre Schiffe zu retten, doch keiner hörte auf ihn. Sie standen gegen den Sturm geduckt und sahen zu, wie er sein Ruder festzurrte, um dann sein kleinstes und stärkstes Segel vorzubereiten. Wenn es ihm nicht gelang, das Segel zu setzen und gleichzeitig mit aller Kraft das Ruder der Gewalt des Sturmes entgegenzustemmen, würde es hier im Hafen reichlich Kleinholz geben. Andererseits, Amru sah hinüber zur Mole, noch vor der Morgendämmerung, da war er sich sicher, würde von diesem Hafen und seinen Schiffen nicht mehr viel zu sehen sein. Mit klammen Fingern machte er sich daran, den Knoten, mit dem das Ruder festgezurrt war, zu lösen.

„Gib mir das Seil!" befahl eine vertraute Stimme hinter Amru. Der richtete sich auf und schaute sich um.

„Das ist kein Seil, das ist ein Tau. Außerdem hast du vergessen, dich richtig anzuziehen", sagte er dann.

Emra drückte sich an ihm vorbei und warf ein dickes Bündel in die Kajüte.

„Was hast du da wieder mitgebracht?" schimpfte Amru. „Lauter unnötiges Zeug!"

Emra schwieg, stellte sich bereit das Sturmsegel hochzuziehen und sah Amru an. Der umklammerte mit beiden Händen das Ruder.

„Jetzt?" schrie Amru und Emra zog mit aller Kraft. Obwohl das Segel kleiner als die Decke für ihr Nachtlager war, konnte sie es im Sturm kaum halten. Sie fühlte, wie das Schiff Fahrt aufnahm. Ein gewaltiger Rums ließ sie taumeln. Sie mussten jemanden gerammt haben.

„Hol über!" brüllte Amru. „Schnell! Hol über!"
Schon krallte sich der Sturm in die andere Seite des Segels. Amrus Knöchel waren weiß. Der Regen schlug ihm ins Gesicht.

„Hol über!" brüllte er wieder und stemmte sich gegen das Ruder. Und kaum hatte Ernra dies vollbracht, hörte sie seine Stimme wieder: „Hol über! Schnell!"

Wie ein schnurzbetrunkener Fischer nach langer Nacht aus einer Kneipe taumelt, kreuzte das Schiff aus dem Hafen. Als sie die Mole endlich hinter sich gelassen hatten und Emra zurücksah, wusste sie, dass ihr Mann Recht behalten würde. Die Schutzmauer war schon an vielen Stellen unter den tosenden Schlägen der Brandung geborsten.

„Schlaf nicht ein!" wurde Emra wieder in die Wirklichkeit zurückgerissen. „Hol über!"

Für die beiden wurde diese Nacht im Sturm zur längsten Nacht ihres Lebens. Zweimal riss das Segel. Zweimal konnte es Emra mühsam, von Wind, Wellen und Sturm bedroht, notdürftig wieder flicken. Doch dann zerschlug eine riesige, sich überschlagende Woge das Ruderblatt und das Schiff war steuerlos. Erbarmungslos schlug die Macht des Unwetters nun auf Amru und Emra ein. Das Schiff rollte, krängte, schlug auf die Wellen und stöhnte ächzend auf in Todesangst.

Amru keuchte vor Anstrengung, während er alle Taue, die er in der Eile finden konnte, miteinander verknotete und sie dann, bis auf zwei Tauenden, die er in seinen Händen hielt, über Bord warf.

„Du musst mir helfen!" schrie Amru gegen den Wind. „Nur damit können wir jetzt noch steuern!"

Fußbreite um Fußbreite wurde Amru von der Last der Taue, die er hinter dem Schiff herschleppte, über das Deck gezogen. Hastig nahm Emra ihm eines der Taue ab.

„Zieh!" brüllte Amru.

„Warum?" Emras Stimme kam gegen das Tosen des Unwetters kaum an.

„Frag nicht! Zieh!"

An Amrus Stimme und dem brausenden Herannahen sich überschlagender Wellen hörte sie, dass es wirklich nichts zu erklären gab, sondern nur zu tun.

Emra zog.

•

Der Morgen suchte sich nur zögernd seinen Weg durch das tosende Brüllen der Nacht. Wie ein geprügelter Hund kam die Dämmerung, fahl geduckt im grauen Pelz, über den Horizont gekrochen. Emra lag lang ausgestreckt auf dem Kajütenboden und schlief den tiefen Schlaf völliger Erschöpfung. Das Sturmsegel knatterte prall gefüllt.

Amru stand im Heck und hielt Ausschau. Das Schiff lief vor dem Wind einen gleichmäßigen Kurs. Der Bug zerschnitt die Wellen wie ein scharfes Messer.

„Was. . .?" Emra schreckte aus dem Schlaf. „Ich hab dir doch gesagt, du sollst mich wecken, wenn du mich brauchst!"

„Du siehst doch, es war nicht nötig." Amru grinste sie an.

Gähnend wuschelte sich Emra den Schlaf aus den

Haaren, wischte sich die Salzkristalle aus den Augen und sah die beiden Taue links und rechts des Schiffes sorgsam festgeknotet. Noch immer riss der Wind die Schaumkronen der Wellen mit sich, noch immer brachen die Wellenkämme und noch immer stampfte und rollte das Schiff in der aufgebrachten See. So angespannt Emra auch spähte, Land konnte sie nirgendwo ausmachen. Und auch die Farben waren nicht zurückgekehrt in ihre Welt. Doch sie hatten dem Sturm getrotzt. Nicht ohne Schäden, sicher, aber sie lebten und das Schiff auch.

„Wo sind wir?" wollte Emra wissen.

Amrus Grinsen verflog. „Keine Ahnung."

„Wohin steuern wir dann?" wollte Emra wissen.

„Ich weiß es nicht", antwortete Amru. „Doch solange dieser Sturm uns in seinem Griff hat, bin ich froh, kein Land zu sehen. Alles weitere wird sich zeigen, wenn es an der Zeit ist."

Erst am späten Nachmittag schlief der Wind endlich ein. Nebelfetzen strichen wie böse Ahnungen über das Meer. Am Mast flappte lustlos das kleine Sturmsegel. Amru war unter das Schiff getaucht und hatte das Ruderblatt notdürftig gerichtet. Nun saß er auf dem Vordeck und starrte voraus. Rings um sie war es totenstill.

Emra gefiel das alles überhaupt nicht. In welche Gewässer hatte der Sturm das Schiff getrieben? Wie weit entfernt waren sie vom sicheren Land? Gab es hier vielleicht Untiefen, verborgene Riffe, gefährliche Strömungen? Und nun auch noch dieser Nebel, der dichter und dicker das behäbig rollende Schiff umfasste und die Welt um sie herum verschluckte.

Nur selten noch konnte Emra den schmalen Sichelschein des von Wolkenfetzen umjagten, in Nebelbänken ertrinkenden Mondes erkennen. Fröstelnd zog sie die Schultern hoch. Amrus erstaunter Aufschrei unterbrach ihre Gedanken. Keine fünf Bootslängen entfernt war der düstere Schatten eines kieloben schwimmenden Wracks aus dem Nebel aufgetaucht. Kaum war dieses wieder im Nebel verschwunden, entdeckte Emra ein zweites Schiff, das mit gebrochenem Mast und zerstörten Aufbauten dicht neben ihnen vorbeitrieb.

„Die See der verlorenen Schiffe", murmelte Amru ungläubig. „Ich habe das für Seemannsgarn gehalten.

„Was?" verlangte Emra zu wissen.

„Die See der verlorenen Schiffe ist der Ort, wohin es alle Schiffe verschlägt, bevor sie endgültig von der stummen Tiefe verschlungen werden.

„Nun sag schon!" drängte Emra. „Was soll das heißen?"

Amru wühlte in den Taschen seiner Jacke. Endlich hatte er die Pfeife gefunden. Umständlich entzündete er sie.

Emra konnte ihre Ungeduld kaum noch zähmen, als Amru endlich zu sprechen begann: „All die Wracks, die hier treiben", er deutete mit einer weiten Handbewegung um sich, „waren gute Schiffe, starke Schiffe, sichere Schiffe, stolze Schiffe. Doch das Meer hat sie sich trotzdem geholt."

„Aber warum?" wollte Emra wissen.

„Dafür gibt es viele Grunde", erklärte Amru. „Manche Schiffe werden von ihrer Besatzung verlassen bei einem Sturm. Andere sind nicht ausgerüstet für eine lange Fahrt, oder die Menschen darauf wissen nicht, was das Meer ihnen abverlangt. Sie steuern einen falschen Kurs, werden von Brechern zerschmettert, zerschellen an Klippen oder reißen sich den Bauch an einem Riff auf. Sie alle treiben dann hier, in der See der verlorenen Schiffe."

„Und weshalb sind dann wir hier gelandet?" begehrte Emra auf.

„Ich weiß es nicht!" Amru zuckte mit den Schultern. „Die Geschichte erzählt weiter, dass die verlassenen Schiffe hier im Nebel treiben, wie seelenlose Körper, die nicht zur Ruhe kommen und keine Heimat finden. Sie geistern umher, bis sie verrottet sind. Meist jedoch zerschellen sie schon lang zuvor an einem der zahlreichen Riffe, oder sie werden vom Packeis zerquetscht. Dann sinken sie hinab auf den Meeresgrund. Doch auch dort finden sie keine Ruhe. Seeungeheuer nisten darin, Klabautermänner treiben üble Scherze mit ihnen, und Sägefische schärfen daran ihre Waffe. Nur wenige, so endet die Sage, besitzen die Kraft, noch einmal emporzusteigen, um es ein letztes Mal mit Wind und Wellen zu versuchen. Aber von diesen wenigen Schiffen gelingt es kaum einem, an jenen Ort zu gelangen, wo es seinen Frieden finden kann."

„Und wo soll dieser Ort sein?" wollte Emra wissen.

„Wenn sie eine der Inseln der Glückseligkeit erreichen, finden sie ihren Frieden", erwiderte Amru.

Wieder und wieder trieben Wracks mit geknickten Masten, zerbrochenen Rudern, zerfetzten Segeln, zerschlagenen Aufbauten vorbei. Und es wurde kalt. Immer kälter. Gefrierender Nebel überzog das Schiff mit einem ständig wachsenden Eismantel.

„Wir müssen hier weg!" sagte Amru und starrte sorgenvoll in den Nebel. Wenn ich nur wüsste wie?"

„Ein Segel!" rief Emra und sprang auf. „Natürlich! Wir nähen uns ein großes, leichtes Segel! Komm mit!"

Amru schüttelte den Kopf. „Wir haben keinen Wind, und wir werden jedes Tuch brauchen heute Nacht, um uns warm zu halten in dieser Eiseskälte!"

„Aber wenn wir nun ein wenig Wind bekämen?" Emra ließ nicht locker.

„Ja, wenn . . .", musste Amru zugeben.

„Na, also!" Emra klopfte ihrem Mann auf die Schulter. „Worauf wartest du noch?"

Amru folgte seiner Frau hinunter ins Schiff.

Dort angekommen öffnete Emra das Bündel, welches sie in aller Hast zusammengepackt hatte. Kleider lagen darin und Hemden, Röcke, Schals und Tücher, Laken, Hosen und Decken. All dies warf sie auf einen großen Haufen. Dann holte sie Nadel, Zwirn und Schere. Als Emra ihr Lieblingskleid in Händen hielt, einstmals hatte es in bunten Frühlingsfarben geleuchtet, nun war es schmutziggrau, zögerte sie. Nie wieder würde sie dieses Kleid tragen können, wenn es seinen Platz im Segel hätte. Doch dann lächelte sie still. Eine schon fast verloren gegangene Erinnerung hatte zurückgefunden zu dem Gefühl, welches sie einst geboren hatte.

„Ich weiß nicht", brummte Amru neben ihr. „Wir werden erfrieren heute Nacht!"

„Besser ein wenig frieren", gab Emra zurück und nähte dabei Stich um Stich, Naht um Naht, „als in der See der verlorenen Schiffe unterzugehen! Meinst du nicht?"

Amru nickte und griff sich ein Tuch, welches ihm Emra einst geschenkt hatte. Er seufzte leise, als er sich an den Tag erinnerte, an dem er es geschenkt bekommen hatte. Dann nahm er starken Segelzwirn, Nadel und Schere, setzte sich neben Emra und nähte.

Stich um Stich. Naht um Naht.

Es wurde ein gewaltiges Segel. Manchmal verliefen die Nähte schief und krumm, wenn ein Hemd nicht so recht zu einem Schal passen wollte, oder ein Rock zu einer Hose. Doch schließlich war der letzte Knoten am Faden geknüpft. Amru und Emra nahmen das Segel auf. Dann zerrten und zogen sie daran mit aller Kraft. Kein Faden löste sich, keine Naht gab nach. Die beiden waren zufrieden. Vereint zogen sie das Segel den Mast empor.

Nun begann ein langes, banges Warten auf ein wenig Wind und der Kampf gegen den schweren Panzer aus Eis, welcher das Schiff umklammerte. Mit spitzem Werkzeug, manchmal auch mit bloßen Händen, brachen Emra und Amru das Eis und warfen es ins Meer. Nach Stunden, die den beiden wie eine frostige kleine Ewigkeit vorkam, kräuselte sich ganz zart das Wasser in ihrer Nähe. Amru schien es gerochen zu haben, denn noch bevor Emra ihn darauf hinweisen konnte, war er schon dabei, ihr selbstgefertigtes Segel in den Wind zu stellen.

Emra eilte zum Ruder. Nach wenigen Augenblicken, die vor gespannter Stille aufzuplatzen drohten wie überreife Beeren, lachten die beiden befreit auf. Die flüsternde Vorahnung eines Windhauches verfing sich in ihrem großen Segel. Es bekam einen kleinen Bauch, fiel wieder ein, wölbte sich erneut, straffte sich ein wenig und war schließlich gefüllt, dass keine Falte mehr zu sehen war.

Amru tanzte auf dem Deck und schlug mit der Faust immer wieder gegen den Mast. Emra lachte voller Glück, als sie am Druck des Ruders spürte, wie das Schiff kaum merklich Fahrt aufnahm und sich steuern ließ.

„Welche Richtung?" wollte Amru von Emra wissen.

Diese zögerte keinen Augenblick. „Dorthin", sagte sie und deutete mit der Hand voraus.

„Und weshalb?" Amru lachte sie an. Und in diesem Lachen blitzte etwas, was Emra schon lange nicht mehr gesehen hatte: Ein kleiner schelmenhafter Funke voll Lebenslust und Freude. Sie ließ sich anstecken von diesem Lachen.

„Ganz einfach", erwiderte sie und deutete mit der Hand zurück. „Weil von dort das wenige an Wind kommt, was unser Segel einfangen kann."

Emra zog Amru neben sich ans Ruder. Der legte einen Arm um ihre Schulter. So fanden die beiden den Kurs, auf dem das große Segel sich am schönsten blähte.

Die Nebel begannen sich zu lichten. Und als die Sonne endlich die letzten Nebel zur Seite gewischt hatte und sich strahlend im prall gespannten Segel badete, da leuchtete es auf in allen Farben dieser Welt.

So bunt, wie nur jene Segel leuchten können und so prall wie sich nur jene Segel blähen können, in der die Zeit Zeit genug gehabt hatte, bunte Muster der Erinnerungen zu weben.

DAS BESONDERE REZEPT

Lange vor der Zeit war einem Köhler, vom Schnitter allen Lebens, die Liebste genommen worden. In seinem Herzen klaffte eine Wunde, welche nur schwer vernarben wollte. Als dann der Winter kam mit seinen langen, kalten Nächten, lag er oft wach auf seinem Lager und fror, obwohl er das Feuer tüchtig schürte und nährte im häuslichen Herd.

Eines eisig kalten Tages ging er hinaus in das Schneetreiben, hin zu der alten Kräuterfrau, die draußen im Wald wohnte, zwischen verschwiegenen Hainen. Die beiden kannten sich schon lange, und so erzählte er ihr von seinem Leid und seinen kalten Nächten.

Die Alte lächelte: „Du hast mir Holzkohle gebracht, manch guten Essig und immer genügend Pech, um mein Dach abzudichten. So will ich heute dir helfen."

Sie reichte dem Köhler einen Becher mit dampfendem Kräutertee. Dabei runzelte sie die Stirn, kniff die Augen zusammen und murmelte einige unverständliche Worte. Dann wandte sie sich ihm wieder zu: „Im Nachbardorf lebt eine junge Frau, deren Mann in hitzigem Streit getötet wurde. Geh zu ihr in drei Tagen."

Der Köhler dankte und tat, wie ihm die Alte geraten.

Im feinsten Wanst und frisch gebadet, klopfte er nach drei Tagen an die Tür der Frau. Diese erwartete ihn freudig lachend, bat ihn an den Tisch und holte aus dem Herd einen frisch gebackenen, duftenden Fladen. Den teilte sie in der Mitte, bestrich die knusprige Unterseite mit wildem Honig und reichte sie dem Mann.

„Niemals zuvor aß ich einen köstlicheren Fladen", sagte der Mann mit vollem Mund.

Dann wollte er erzählen, weshalb er gekommen, doch die Frau winkte lachend ab.

„Ich weiß schon alles", unterbrach sie den Redeschwall

des Köhlers. „Und was mir die Kräuterfrau riet in meinem Leben, war noch nie mein Schaden."

So nahm die Frau den Köhler zum Mann, und die beiden hätten wohl glücklich gelebt bis ans Ende dieses Märchens. Vielleicht sogar noch darüber hinaus.

Doch ein bitterer Tropfen trübte den funkelnden See des Glücks, in welchem die beiden schwammen: Wenn der Köhler von seiner Arbeit im Wald, nach sieben Tagen und Nächten heimkam, hatte er Hunger wie ein Bär nach ausgedehntem Winterschlaf. Die Frau buk Fladen und des Köhlers Leibgericht, einen einfachen Eintopf aus Gemüse und Kräutern. Wenn sich dann der Köhler den Ruß von der Haut und die Asche aus den Haaren gewaschen hatte, war der Tisch bereitet, und der Fladen lag heiß auf dem Herd. Die Frau bestrich die knusprige Seite mit wildem Honig, so wie sie es getan hatte, als der Köhler zum ersten Mal an ihre Tür geklopft, und sie ihn an den Tisch gebeten hatte.

„Köstlich", murmelte der Mann manches Mal. Meist saß er aber mit vollen Backen und aß genussvoll mit geschlossenen Augen. Währenddessen war der Eintopf fertig gekocht, die Schüssel gefüllt. Niemals blieb davon etwas übrig, doch immer wieder murmelte der Köhler beim Löffeln: „Irgendeine Zutat fehlt. Wenn ich nur wüsste welche!"

Die Frau konnte drängen und drängeln wie sie wollte. Der Köhler wusste ihr keine Antwort auf die Frage, was denn fehle in seinem Leibgericht an Gewürz, Gemüse, Wurzel oder Kraut.

„Alles ist recht und gut", bekam sie immer wieder Antwort. „Und doch fehlt etwas. Etwas, was ich nicht benennen kann, obschon ich ahne, dass es mir vertraut sein müsste!"

So ging es, Monat um Monat. Jahreszeit auf Jahreszeit. Längst schon hatte die Frau es aufgegeben, nach seltenen Kräutern zu suchen, oder teure Gewürze aus fernen, unbekannten Ländern zu erfeilschen. Was hatte sie nicht alles versucht. Selbst die feixenden Blicke der Händler, wenn sie nach Liebeskraut fragte oder jener geheimen Wurzel der Sinnenfreude, hatte sie ertragen. Doch das Gewürz, welches dem Köhler an seiner Lieblingsspeise fehlte, hatte die Frau nicht gefunden.

So kam in den Eintopf, was im Garten wuchs, im Wald und auf dem Feld zu finden war. Und niemals erhob sich der Köhler vom Tisch, ohne die Schüssel leer gegessen zu haben.

Die Zeit floss dahin, und obwohl der Köhler sich nicht beklagte, wuchs der bittere Tropfen im See des funkelnden Glücks. Er nahm dem Wasser das gleißende Blitzen unter aufgehender Sonne und das geheimnisvolle Glimmen, wenn der volle Mond darüber stand.

Sieben lange Jahre strichen über das Land, und der See der beiden hatte schon viel von seinem einstigen Glanz verloren. Brackig schwappte das Wasser an die Ufer der Alltäglichkeiten.

Nun geschah es, dass der Köhler gerade an dem Tag des Jahres von seiner Arbeit im Wald nach Hause kam, an welchem ihm damals die Frau die Tür ihrer Hütte geöffnet hatte. Da sich dieser Tag nun zum siebten Male jährte, wollte die Frau dem Köhler eine Überraschung bereiten. Sie flocht sich die Haare und band bunte Blüten hinein, sie fegte und putzte, dass es nur so blitzte. Und dann buk sie einen Fladen, dessen Teig sie zuvor geknetet und gewürzt hatte wie schon lange nicht mehr.

Als der Köhler sich schließlich den Ruß von der Haut gewaschen hatte und die Asche aus den Haaren, sah er sie verwundert an, sagte aber kein Wort.

Er hat den Tag vergessen, dachte die Frau. Nicht einmal Blumen hat er mir mitgebracht. Sie wandte sich enttäuscht ab, um den heißen Fladen aus dem Herd zu holen. Als sie ihn wie gewohnt in der Mitte durchschnitt und die knusprige Unterseite dick mit wildem Honig bestrich, zögerte sie. Warum auch nicht, sagte sie dann zu sich. Sie reichte dem Köhler die weiche Hälfte des Fladens. Der sah sie mit strahlenden Augen an.

„Seit wir uns kennen, hast du mir stets die knusprige Hälfte des Fladens gereicht. Du weißt gar nicht, wie sehr ich mich freue, einmal die andere zu bekommen." Und er aß voller Genuss.

Erstaunt fragte ihn die Frau: „Weshalb hast du nie gesagt, dass dir die weiche Hälfte besser schmeckt als die knusprige?"

„Wie sollte ich", gab der Köhler mit vollen Backen zurück. „Ich habe mich gefreut, dass dir so gut schmeckt, was auch ich gerne mag."

Da begann die Frau zu lachen: „Seit sieben Jahren reiche ich dir die knusprige Seite des Fladens aus dem selben Grund. Ich dachte, was mir am besten mundet, will ich gerne dir geben."

Die beiden umarmten sich und lachten, dass die Hütte bebte.

Mit einem Mal jedoch hielt der Köhler inne. Er schloss die Augen und schnüffelte durch die Stube, rund um den Tisch, geradewegs zum Herd hin. „Du hast das Gewürz gefunden!" flüsterte er und sog die Luft langsam durch die Nase. Er hob den Deckel vom Topf und atmete den heißen Dampf des Eintopfs.

„Es ist angebrannt", jammerte da die Frau, stieß den Köhler zur Seite und zog hastig den Topf vom Feuer.

„Aber was hast du denn, Liebste?" Der Köhler nahm der Frau den Topf aus der Hand und füllte die Schüssel. „Gerade so muss meine Lieblingsspeise riechen. Und ich bin mir sicher, dass sie schmeckt, wie sie zu schmecken hat."

Mit geschlossenen Augen begann er zu essen. „Wie lange habe ich diesen Geschmack vermisst", murmelte er ein ums andere Mal vor sich hin.

Er zog seine Frau neben sich auf die Bank und küsste sie. „Wenn die Schüssel nicht so klein wäre, ich würde mich hineinlegen."

Seit jenem Tag, der in einem großen Lachen endete, wurden die Fladen anders geteilt, und den Eintopf mit der Lieblingsspeise des Köhlers, ließ die Frau einfach so lange auf dem heißen Herd köcheln, bis ein angebrannter Hauch verlockend durch die Hütte zog.

Niemals mehr, so erzählt es die alte Kräuterfrau auch heute noch jedem, gab es seitdem einen bitteren Tropfen im See des Glücks, in welchem die beiden ihr ganzes Leben lang miteinander schwammen.

WOLFSWELPE UND SCHLANGENEI

Geduckt jagte der alte graue Wolf über die verharschte Schneefläche. Kaum mehr als ein Schemen in der klirrend kalten Winternacht. Er folgte keiner der frischen Fährten, welche immer wieder seinen Weg kreuzten, keiner noch so verlockenden Witterung,widmete er auch nur den Hauch seiner Aufmerksamkeit; er spürte den beißenden Hunger nicht. Seit vor Stunden der vertraute Ruf in ihm erklungen war, hetzte er ohne Rast dahin. Nur kurz hatte er argwöhnisch geknurrt. Doch diese Spur von Misstrauen war schnell wieder verflogen. Generation um Generation war der Ruf das Zeichen gewesen. Und so folgte er dem unsichtbaren Weg, den ihm sein Herz wies. Wieder vernahm er den vertrauten Ruf, und jetzt klang er nicht mehr nur tief in seinem Innern, dort, wo die Erinnerung an jene Zeit zuhause war. Unruhig zuckten die Ohren des grauen Wolfes. Dumpf drang der Klang der Trommeln und ein gleichförmiger, eindringlicher Gesang aus einem kleinen Zelt am Waldrand. Vorsichtig witternd trabte der Wolf weiter. Vor dem Zelt blaffte er kurz und heiser auf, bevor er den Kopf zurücklegte und in den Nachthimmel heulte.

Das Trommeln und der Gesang waren verstummt, die Eingangsplane zurückgeschlagen. Flackernder Feuerschein zuckte über den Schnee vor dem Zelt. Ein alter Mann trat heraus. Er sah den Wolf aufmerksam an. Ein wehmütiges Lächeln huschte über seine Lippen. Der alte Mann kniete in den Schnee und vergrub sein Gesicht im dichten Winterfell des Wolfes. So saßen die beiden reglos in der kalten Nacht. Als der Mann sich leicht zu wiegen begann und dabei vor sich hinsummte, grollte es tief im Bauch des Wolfes. Er presste seine kalte, feuchte Nase in die Armbeuge des Mannes und stubste ihn damit immer wieder an.

„Schau ihn dir an", sagte der Mann endlich, „und dann entscheide."

Ein kräftiger Stoß schubste den alten Mann in den Schnee. Lachend lag er auf dem Rücken und zerzauste dem grauen Wolf das Fell.

Während es lautlos zu schneien begann, tollten der alte Mann und der graue Wolf im Schnee wie übermütige Kinder.

•

„Doran! Doran!"

Der Schrei eines Jungen, dessen Stimme sich zu verändern begann, ließ den alten Mann von der Feldarbeit aufblicken. „Doran! Ein Wolf! Ich habe einen riesigen grauen Wolf gesehen! Ganz nah war er!"

Der alte Mann rammte den Spaten in die schwarzglänzende Erde und ging dem heranstürmenden Jungen entgegen.

„Was hat er gemacht, Mischa?" fragte er, als dieser vor ihm stand.

„Angestarrt hat er mich. Einfach angestarrt. Er lief auch nicht weg, als ich mir Steine nahm."

„Hast du denn nach ihm geworfen?" wollte Doran wissen.

Mischa senkte den Kopf und runzelte grüblerisch die Stirn. „Nein", antwortete er. „Ich ... Da war, etwas ...Als ich in seine Augen sah

Liebevoll nahm Doran den Jungen in den Arm.

Als die beiden zum Haus gingen, lächelte der alte Mann.

•

Der schon herbstlich kühle Wind trieb vom nahen Dorf fröhliche Musik herüber. Hunde kläfften und jaulten, betrunkenes Lachen und schrilles Gekicher war zu hören. Doran verzog das Gesicht.

Es war ein fruchtbares Jahr gewesen. Die Saat hatte reichlich Früchte getragen, die Ernte war eingebracht, die Felder schöpften neue Kraft. Im Dorf wurde das Dankesfest für die Erde gefeiert. Später am Abend würden die Heranwachsenden mit einer Zeremonie in den Kreis der Erwachsenen aufgenommen werden.

„Warum gehen wir nicht hin, Doran?" wollte Mischa nun schon zum wiederholten Male wissen.

„Weil wir nichts zu suchen haben, dort!" bekam er knappe Auskunft.

„Aber Doran!" Der Junge ließ nicht locker. „Auch ich werde erwachsen. Schau doch, ich bekomme schon einen Bart!" Stolz zupfte Mischa an der Andeutung eines leichten Flaumes.

„Glaubst du wirklich, dass du erwachsen bist, wenn wir heute Abend ins Dorf gehen und an dem Fest teilnehmen?" fragte der alte Mann.

Mischa zuckte betrübt die Schultern. Alle in meinem Alter bekommen heute einen jungen Hund geschenkt, als Zeichen, dass sie nun erwachsen werden."

Voller Verachtung spuckte Doran ins Gras. Doch dann wandelte sich sein grimmiger Gesichtsausdruck. „Nimm dein Messer und dein Beil", forderte er den Jungen auf. „Ich will dir etwas zeigen."

So sehr Mischa den alten Mann auch bestürmte und mit Fragen überhäufte, Doran schwieg. Nach Stunden erreichten sie ein kleines Zelt am Waldrand. Der alte Mann band die Eingangsplane zur Seite.

„Geh und suche trockenes Holz, viel Holz. Die Nächte können schon wieder kühl werden", sagte er zu Mischa. Er selbst ging in das Zelt, legte sich auf ein weiches, dickes Fell und schloss die Augen.

Ein wenig mürrisch gehorchte der Junge. Er schleppte Holz heran und stutzte es dann mit dem Beil auf die richtige Größe. Während Doran friedlich schlief, bereitete Mischa die Feuerstelle vor. Dann rieb er seine Feuersteine, bis sich ein winziger Funke im trockenen Moos festgesetzt hatte. Schon bald knisterte ein kleines Feuer im Zelt. Der alte Mann streckte sich gähnend und setzte sich neben Mischa.

„Als ich jünger war", erzählte er schließlich, „war ich oft hier, wenn ich wirklich allein sein wollte und von allem weit entfernt."

Der Junge schaute neugierig, sagte aber nichts.

„Der Vater meines Vaters hat diesen Platz ausgesucht und das Zelt errichtet. Alle Jungen unserer Familie sind hier gewesen, wenn die Zeit dafür gekommen war."

Wehmütig blickte der alte Mann den Jungen an, dann kramte er umständlich unter den Fellen hinter seinem Lager. Schließlich hielt er eine kleine Handtrommel in Händen. „Für dich, Mischa", sagte er leise. „Ich habe sie für dich gemacht, und heute Nacht werde ich dir zeigen, wie du sie benutzen sollst."

Mit leuchtenden Augen nahm Mischa die Trommel entgegen. „Zeig es mir, Doran", rief er. „Komm, zeig es mir!"

„Nur langsam", beruhigte ihn der Alte. „Bevor wir damit beginnen, muss das Feuer noch viel heißer brennen."

Als die Nacht gekommen war, loderte das Feuer in dem kleinen Zelt hoch und heiß. Doran hatte große Steine um die rotglühende Glut aufgeschichtet und Mischa nach Wasser aus dem nahen Bach geschickt. Als alles zu seiner Zufriedenheit gerichtet war, zog der alte Mann die Plane am Eingang des Zeltes zu. Dann begann er sich zu entkleiden.

„Zieh dich auch aus, Mischa", forderte er den verständnislos schauenden Jungen auf. „Bevor wir die Trommeln benutzen, werden wir gemeinsam schwitzen."

So dicht wie möglich setzten sich die beiden an die schwarzrot wabernde Glut. Doran nahm einen Eimer mit Wasser und goss es langsam über die großen Steine. Laut zischend verdampfte es, kaum dass es die Steine benetzt hatte. Wie dichter, undurchdringlicher Nebel füllte der Wasserdampf das Zelt und legte sich in feinen Tröpfchen auf die nackte Haut von Mischa und Doran. Wieder und wieder goss der alte Mann Wasser über die heißen Steine. Mischa schwitzte wie noch nie in seinem Leben. Die Luft war undurchdringlich dick und heiß. Der Atem des Jungen ging schwer. Er keuchte. Doran saß gelassen neben ihm. Die Augen geschlossen, den Mund halb geöffnet, brummte er eine eintönige Melodie vor sich hin und wiegte sich dazu im Takt. Er reichte Mischa die kleine Trommel und nahm sich eine größere, deren Leder abgenutzt glänzte. Dann begann er, mit den Fingern einer Hand, einen langsamen, eindringlichen Rhythmus zu schlagen. Mischa sah ihm aufmerksam zu, obwohl der unaufhörlich rinnende Schweiß in seinen Augen brannte.

Ein wenig zögernd und noch leise schlug der Junge die Trommel, so wie der alte Mann es ihm vormachte. Unmerklich veränderte sich Dorans Trommelspiel, wurde lauter, härter, schneller. Mischa folgte diesem neuen Rhythmus mühelos. Auch er hatte jetzt die Augen geschlossen. Seine Hände wirbelten über das straff gespannte Leder. Ihm fiel nicht auf, dass er schon seit geraumer Zeit einen eigenen Rhythmus gefunden hatte, einen eigenen Takt. Einem langsam und kräftig schlagenden Herzen gleich, begleitete der alte Mann die wilden Schläge und Wirbel des Jungen. Stunde um Stunde saßen die beiden in dem kleinen Zelt, umhüllt von heißem Wasserdampf und trommelten, jeder auf seine Art, und doch gemeinsam, bis ihre Hände schmerzten und die Finger taub geworden waren.

„Es ist genug", sagte Doran und legte die Trommel zur Seite.

Keuchend vor Anstrengung folgte Mischa seinem Beispiel. Der alte Mann erhob sich und nestelte an der Eingangsplane. Ein kühler Wind fauchte in das Zelt und wirbelte den Dampf durcheinander. Aufatmend trat Mischa hinaus und schüttelte sich wie ein nasser junger Hund den Schweiß aus den Haaren und vom Körper.

Als er sich in das taubedeckte Gras fallen lassen wollte, ließ ihn ein dunkles Grollen zurückfahren. Nur wenige Schritte entfernt saß ein gewaltiger, grauer Wolf. Seine Augen blitzten im spärlichen Licht der Nacht.

Vorsichtig setzte Mischa einen Fuß zurück.

„Bleib wo du bist", hörte er Dorans leise Stimme dicht hinter sich. Reglos gehorchte der Junge. Fast vergaß er zu atmen vor Aufregung und Angst.

Der Wolf richtete sich auf. Sein Nackenhaar gesträubt, den Kopf weit nach vorne gestreckt, mit einem kaum hörbaren, tiefen Knurren, kam er auf Doran und Mischa zu. Dann stand er still vor dem Jungen und schnüffelte prüfend. Das Knurren erstarb und der graue Wolf drückte seine feuchtglänzende, kalte Schnauze in die geöffnete Hand Mischas.

Der alte Mann, der mit angehaltenem Atem hinter Mischa gestanden war, stieß einen freudigen Laut aus. „Du scheinst ihm zu gefallen. Aber eigentlich habe ich auch nichts anderes erwartet!"

Er ließ sich nieder und umarmte den grauen Wolf. Seine

Finger durchwühlten das Fell und strichen zärtlich über Kopf und Schnauze.

Mischa stand, vor Aufregung bebend, neben den beiden. So viele Fragen brannten ihm auf der Zunge, so viel, was er nicht verstand. Und doch, er schwieg. Das stumme Zwiegespräch des alten Mannes mit dem grauen Wolf durfte er nicht stören, das spürte er. Schließlich erhob sich Doran. Doch bevor Mischa etwas sagen konnte, nahm ihn der alte Mann in den Arm. „Das ist mein Bruder", erklärte er und deutete auf den grauen Wolf. Mischa riss die Augen auf, doch Doran redete ungerührt weiter: „Er ist in mir und ich in ihm. Zusammen gingen wir den Weg von der Jugend hin zum Erwachsenen."

„Ich verstehe nicht, stammelte Mischa. „Was ... ?"

„Was soll ich dir viel erklären", antwortete Doran. „Du musst erleben. Selber sehen. Komm!"

Sie folgten dem grauen Wolf. Nur wenige Schritte entfernt, beim dichten Gebüsch eines Holunderstrauches, blieb der Wolf stehen. Mischa konnte, verborgen unter den Zweigen, eine kleine Kuhle im Gras sehen. Und darin lag, mit funkelnden Augen neugierig herausspähend, ein Wolfswelpe.

„Geh schon hin", ermunterte Doran den Jungen. „Begrüße ihn."

„Heißt das, ich bekomme diesen kleinen Wolf geschenkt?" fragte Mischa voller Freude.

„Nein!" Der bestimmte Ton in Dorans Stimme ließ den Jungen innehalten. „Er wird dich begleiten und du ihn. Du wirst von ihm lernen und er von dir. Gemeinsam sollt ihr erwachsen werden und euren Weg im Leben finden. Er ist kein Geschenk."

Doran sah, wie die Enttäuschung einen Schatten auf Mischas Gesicht legte.

„Nein", wiederholte der alte Mann und schüttelte heftig den Kopf. „Es mag sein, dass die Jungen im Dorf einen kleinen Hund geschenkt bekommen. Doch mit dem altüberlieferten Brauch hat dies nichts zu tun. Ich kann mich noch gut an die Zeit erinnern, als jeder Junge ein Wolfswelpen erhielt, wenn die Zeit dafür gekommen war. Und mit diesem jungen Wolf wurde er dann in die Wälder geschickt. Gemeinsam sollten sie erwachsen werden und lernen zu überleben."

Mischa runzelte ein wenig ungläubig die Stirn. „Und weshalb bekommen die Jungen heute von den Erwachsenen Hunde geschenkt?"

„Weil ein kleiner Hund leicht erzogen und abgerichtet werden kann, bis er aufs Wort gehorcht!" stieß Doran bitter hervor.

Mischa setzte sich neben den Holunderstrauch und streckte vorsichtig seine Hand aus. Ein wenig unschlüssig zog der kleine Wolf die Lefzen hoch und versuchte ein grimmiges Knurren. Dann kroch er, flach an die Erde gepresst, langsam auf Mischas geöffnete Hand zu. Er beschnüffelte sie ausgiebig und leckte mit seiner hellroten, rauhen Zunge über die Fingerspitzen. Sichtlich zufrieden kringelte er sich, an Mischas Hand geschmiegt, zusammen, steckte seine kleine Nase in den wollweichen Pelz und brummte wohlig vor sich hin.

„Er wird deinen Geruch und den Geschmack deiner Haut nun nie mehr vergessen", erklärte Doran und setzte sich neben ihn. „Lass ihn ruhen. Er hat eine lange Reise hinter sich, und ihr beide habt einen weiten Weg vor euch.

Der alte Wolf drängte sich zwischen sie und legte seine grauhaarige Schnauze auf ein Knie Dorans. Dieser beugte sich über ihn und blies ihm zärtlich ins Ohr. Als Doran sich wieder aufrichtete und Mischa anschaute, waren seine Augen dunkel wie Waldseen in sternloser Nacht.

„Wenn der Morgen graut, werde ich dich verlassen, Mischa. Du kannst den Winter über hier in diesem Zelt bleiben oder gehen, wohin du magst. Wenn du deinen Weg im Frühjahr zurück zu mir findest, werde ich mich freuen."

‚Aber warum denn jetzt schon, Doran?" Der kleine Wolf knurrte leise und richtete sich tolpatschig auf. Mischa nahm ihn in die Arme und bettete ihn auf seinen Schoß.

„Weil es an der Zeit ist, dass du erwachsen wirst", antwortete der alte Mann. „Und du sollst erwachsen werden, wie es der alte Brauch verlangt!"

Fast bis zum Anbruch der Morgendämmerung saßen der alte Mann und der Junge noch vor dem Zelt. Mischa fragte und fragte. Und Doran erzählte und erzählte. Zwischen den beiden ruhte der große graue Wolf mit geschlossenen Augen. Manchmal zuckten seine Ohren, geradeso, als würde er alles verstehen und sich gern erinnern an eine Zeit, die längst vergangen war.

Als Mischa am nächsten Morgen von den Strahlen der Sonne wachgekitzelt wurde, war der alte Mann und mit ihm der graue Wolf verschwunden.

•

Der Herbst hatte den Wald in eine große Farbpalette verwandelt. Stürme zerzausten die Wipfel und trieben trockenes Laub vor sich her. Mit seiner klirrenden Faust aus Eis hatte danach der Winter dem zart keimenden Frühjahr lange getrotzt. Doch nun barst das Eis der Seen, und die dünner werdende Schneedecke konnte dem Aufknospen der ersten Blüten nicht länger widerstehen.

Doran reparierte das Schindeldach seines Hauses, besserte die Fenster aus, in welche sich der eisige Frost des Winters gekrallt hatte und genoss ansonsten die milde Frühjahrssonne.

An einem dieser, vom Atem des aufkeimenden Lebens gefüllten Abende, wurde er in seinen stillen Betrachtungen gestört. Nahebei heulte ein Wolf sein Lied dem vollen, satten Mond zu, der am nächtlichen Himmel aufgezogen war. Mit geschlossenen Augen blieb der alte Mann auf der Bank vor seinem Haus sitzen. Wieder erfüllte das ungestüme, kraftvolle Heulen eines Wolfes, die Dunkelheit der Nacht. Doran lächelte. Dann stand er auf, legte seinen Kopf in den Nacken, die Hände an den Mund. Sein Ruf war der eines alten, wissenden Wolfes. Ein Ruf, der die geheimnisvollen, wispernden Geräusche des Waldes in Ehrfurcht verstummen ließ.

Raschelndes Laub, unter schnellem Lauf zurückschnellende Zweige, brechende Äste zerrissen die Stille nach dem Wolfsruf Dorans. Dann hetzte eine dunkle Gestalt in langen Sätzen aus dem Wald heran. Der alte Mann breitete die Arme aus, und Mischa warf sich so heftig gegen ihn, dass Doran zurücktaumelte.

An der Feuerstelle vor dem Haus saßen sie sich gegenüber und betrachteten einander liebevoll. Schrundig, von kleinen aufgeschürften Kratzspuren, war Mischas Haut. Gewachsen war er, und in seinem Körper wohnte die ungebändigte Kraft der Wildnis. In seinem Haar hatten sich einige Kletten verfangen und es verknotet. Aber das Feuer in seinen Augen leuchtete lebendig wie der neugeborene Tag nach gewitterdurchtoster Nacht. „Da bin ich wieder", lächelte Mischa.

Stumm und gleichzeitig voller Stolz nickte Doran. Der junge Mann, der da bei ihm saß, hatte wirklich nichts mehr mit dem Heranwachsenden zu tun, den er im vergangenen Herbst verabschiedet hatte.

„Wo ist dein Wolf?" fragte er schließlich.

„Er ist zu seinem Rudel zurückgekehrt", antwortete Mischa. Fragend hob Doran seine Augenbrauen.

„Keine Sorge", beruhigte Mischa den alten Mann. „Er ist in mir und ich in ihm. Ich werde seinen Ruf hören und er den meinen. Wir sind Brüder geworden."

Zufrieden nickte Doran und warf einen dicken Scheit Fichtenholz auf das funkensprühende Feuer.

Dann erzählte Mischa von der Zeit, in welcher er alleine mit dem Wolf zusammen war. Wie er Waldmäuse für ihn gefangen hatte, bis dieser groß genug war, selbst zu jagen. Und wie der junge Wolf, im harten Winter, ihn mit Nahrung versorgt hatte. Wie sie miteinander gekämpft hatten als er versuchte, ihn dazu zu bringen, seinen Befehlen zu gehorchen. Und wie ihm der Wolf später das Wunder seines nächtlichen Rufes gelehrt hatte. Ohne etwas dazu zu sagen, hörte ihm Doran aufmerksam zu. Das wohltuende Schweigen des Verstehens hüllte die beiden ein, als Mischa geendet hatte.

Am nächsten Morgen erwachte der alte Mann durch die wuchtigen Schläge einer Axt. Er trat vor sein Haus und sah Mischa, der am Waldrand einen Baum fällte. Als er zu ihm ging, wischte sich der junge Mann den Schweiß aus dem Gesicht und lehnte sich auf die große Axt. „Ich werde mir ein Haus bauen", sagte er.

„Das ist gut", erwiderte Doran, ging zurück und kehrte kurz darauf wieder, seine eigene Axt über die Schulter gelegt.

Im frühen Sommer war das Haus fertiggestellt. Es lag jenseits der Felder, am anderen Rand der Lichtung.

Abends saßen die beiden oft zusammen, besprachen die tägliche Arbeit auf dem Feld, die nächtlichen Jagdausflüge Mischas, beobachteten den Mond oder schwiegen einfach lange Zeit gemeinsam. Manchmal wanderten sie zu dem kleinen Zelt im Wald, entzündeten dort heiße Feuer, schwitzten sich die Last des Alltags aus dem Leib und trommelten und sangen.

Eines Tages sagte Mischa zu Doran: „Ich fühle mich einsam in meinem Haus. Ich werde ins Dorf gehen, um nach einer Frau für mich zu suchen."

„Es ist an der Zeit", sagte Doran und nickte bedächtig.

In den folgenden Wochen und Monaten bekam Doran den jungen Mann kaum mehr zu sehen. Tage- und nächtelang blieb er verschwunden, und die Tür zu seinem Haus war verschlossen. Als die Bäume schon wieder leergefegt waren, und der Winter sich mit ersten Frostnächten ankündigte, klopfte es spät am Abend an Dorans Tür.

Es war Mischa. Wortlos trat er ein und setzte sich. Der alte Mann ging einen Krug mit Wein holen.

„Was ist mit mir?" verlangte Mischa zu wissen, als Doran neben ihm Platz genommen hatte. „Die jungen Frauen im Dorf scheinen mich zu lieben, solange sie mich nicht kennen. Sobald ich aber die Nächte mit ihnen teile, bekommen sie Angst vor mir und stoßen mich zurück."

Mit steilen Zornfalten zwischen den Augen stürzte er einen Becher Wein hinunter und stellte ihn danach hart auf den Tisch zurück.

Doran sah ihm in die dunklen Augen. „Du hast den Wolf in dir", sagte er dann.

„Was willst du mir damit sagen?" brummte Mischa ärgerlich.

„Du unterscheidest dich sehr von den anderen jungen Männern im Dorf", erklärte der alte Mann ruhig weiter. In ihnen lebt der abgerichtete Hund, den sie einst geschenkt bekamen. In dir ist ein Wolf herangewachsen, der nicht aufs Wort gehorcht, der weiß was er will."

„Und was hat das mit den jungen Frauen zu tun?"

Doran schenkte die beiden Becher wieder voll. Er nahm einen kräftigen Schluck und begann zu erzählen:

In jenen Zeiten, als es noch zum Brauch des Erwachsenwerdens gehörte, dass alle Knaben ein Wolfswelpen geschenkt bekamen, um mit ihm gemeinsam den Weg zum Erwachsenen zu gehen, war es auch Sitte, dass die Mädchen, wenn der richtige Zeitpunkt gekommen war, ein Schlangenei erhielten. Dieses Ei hatten sie zu behüten, und sie mussten darauf achten, dass ihm nichts geschah. Wenn dann die kleine Schlange die dünne Schale brach und schlüpfte, versorgte es die werdende Frau mit allem, was sie brauchte, um zu wachsen."

„Eine Schlange?" fragte Mischa ungläubig und rümpfte die Nase. „Eine giftige?"

Doran nickte. „Ja", sagte er.

Als er sah, wie den jungen Mann ein Schauer überlief, fragte er spöttisch: „Hast du Angst vor Schlangen?"

„Nun ja", versuchte sich Mischa herauszureden, „ich weiß nicht so recht."

„Wie die jungen Männer einst von den Wölfen lernten, so lernten auch die Mädchen von den Schlangen. Nahmen sie in sich auf und wurden zur Frau."

„Von den Schlangen? Das verstehe ich nicht!" gab Mischa zu.

„Schlangen sind weise", erklärte Doran geduldig. „Sie zu verstehen, heißt die Welt begreifen."

„Aber sie sind giftig!" warf Mischa ein.

„Ihr Gift kann töten oder Leben spenden. Wie jedes Gift ist auch das ihre ein Heilmittel, wenn es richtig angewendet wird. Hast du dir noch nie Gedanken darüber

gemacht, weshalb es so viele weise Frauen gibt, die heil-
kundig sind, und nur wenige Männer diese Fähigkeit besitzen?"

Mischa schüttelte nachdenklich den Kopf.

„Das sind die Frauen, welche ihr Schlangenei und die ge-
schlüpfte Schlange mit Achtung und Ehrfurcht behandelten. Die wenigen, welche mit ihrer Schlange wuchsen
und lernten und sich von der immerwährenden Wand-
lung und Erneuerung nicht schrecken ließen. Aber dieser
alte Brauch wird im Dorf ebensowenig geachtet wie
jener, der den Knaben helfen sollte." Doran grollte vor
verhaltenem Zorn. „Die Mädchen bekommen heute zwar
noch das Schlangenei, aber der kleinen Schlange werden
die Giftzähne ausgebrochen, sobald sie geschlüpft ist.
Das, was da im Dorf durch die Häuser kriecht, ist nur
noch ein schwächliches Gewürm, welches von Küchen-
abfällen und toten Insekten lebt, sich nicht mehr selbst
ernähren kann und ständig auf der Hut sein muss, nicht
zertreten zu werden. Hüte dich vor den Frauen, deren
Schlangen die Giftzähne ausgebrochen wurden", sagte er
und blieb vor Mischa stehen. „Sie haben vieles nicht
gelernt und werden es wohl niemals lernen in ihrem
Leben. Diese Frauen haben die ausgebrochenen Giftzähne immer bei sich, und sie scheuen sich nicht, sie zu
benutzen."

„Heißt das, ich werde mein Leben alleine leben müssen,
Doran? Ist dies nicht ein Preis, der zu hoch ist?"

„Du wirst dir die Antwort selbst geben müssen, Mischa",
antwortete der alte Mann. „Willst du den Wolf in dir
opfern? Kannst du deinen Bruder töten?"

„Was rätst du mir, Doran", wollte Mischa mit leiser, unsi-
cherer Stimme wissen.

„Geh in das kleine Zelt", sagte der alte Mann. „Geh hin,

entzünde ein Feuer, trommle und rufe deinen Bruder. Gemeinsam werdet ihr die Antwort finden."

●

Geduckt jagte der Wolf durch die Nacht. Seine Pranken schienen über dem Waldboden zu schweben. Er dampfte vor geifernder Anstrengung. Er hatte den vertrauten Ruf gehört und folgte ihm. Er hetzte durch einige grasende Rehe, die erschreckt auseinanderstoben; er brach durch dorniges Gebüsch und riss sich dabei Büschel seines dichten Felles aus. Er stürmte vorwärts wie ein Unwetter, bis er vor dem kleinen Zelt stand. Ein eintöniger, eindringlicher Singsang und das gleichförmige Schlagen einer Trommel drangen heraus. Der Wolf setzte sich auf seine Hinterläufe und schöpfte Atem. Dann durchbrach sein durchdringendes Heulen den Gesang und den Rhythmus der Trommel.
Mischa setzte sich ihm gegenüber, ließ seine Hände durch das dichte Fell wühlen und vergrub sein Gesicht darin.
Der Wolf presste seine feuchte Schnauze in die geöffnete Hand Mischas. So saßen die beiden lange Zeit reglos, bis der Mond über die dunklen Baumwipfel gestiegen war.
Wie auf ein geheimes Zeichen lösten sich Mischa und der Wolf voneinander, legten den Kopf in den Nacken und sangen das alte, geheimnisvolle Lied in den Nachthimmel, bis die Welt für sie nur noch aus Himmel, Mond und Gesang bestand.

●

Mischa und der Wolf kamen zu Doran, als der Mond sich ein weiteres Mal gerundet hatte. Während der Wolf geräuschlos die Umgegend erforschte, saßen die beiden Männer auf der Bank vor dem Haus.

„Ich will mich von dir verabschieden", begann Mischa ein wenig zögernd das Gespräch.

Doran nickte schweigend. Er starrte in die Nacht, als wolle er hinter dem hellen Schein des Mondes die Sterne entdecken.

„Ich kann meinen Bruder nicht abrichten. Ich will ihn nicht zu einem folgsamen Hund machen", versuchte Mischa zu erklären, als der alte Mann weiter stumm blieb. „Wir werden uns gemeinsam auf den Weg machen, eine jener Frauen zu finden, welche das Schlangenei achtsam behandelten und der Schlange die Giftzähne nicht ausbrachen."

Der alte Mann legte einen Arm um Mischas Schulter. „Du weißt, dass dies nicht einfach sein wird", sagte er.

Mischa nickte, in seinen Augen leuchtete die Zuversicht. „Ich habe meinen Bruder dabei. Er wird mir helfen."

Im nahen Dorf begann ein Hund wild zu kläffen. Andere fielen ein und schließlich schien es, als bellten sich alle Dorfhunde die Kehlen heiser vor Aufregung.

Mischa und Doran lauschten in die Nacht.

Ein einsames, kraftvolles Wolfsheulen legte sich über das Dorf und stieg in den Himmel. Der vertraute Ruf ließ Mischa vor Freude erschaudern und die Dorfhunde vor Ehrfurcht und Schreck verstummen.

Stolz lächelnd stand Mischa neben Doran und lauschte dem Lied seines Bruders.

Dann umarmte er den alten Mann zum Abschied, schulterte sein Bündel und sagte: „Es ist besser, als ein Wolf zu sterben, denn wie ein Hund zu leben!"

TRAUMQUELLE

In jener Zeit, als das Wünschen noch geholfen hat und die Menschen sorgsam mit der Welt und sich selbst umgingen, gab es weit hinter dem Stillen See, im Dunklen Wald eine Quelle, die von zwei uralten Alten gehütet und gepflegt wurde. Die beiden wohnten, seit undenklichen Zeiten schon, in einem kleinen Häuschen nahe der Quelle, und oft konnte man sie dort auf einer Bank sitzen sehen und dem Murmeln des Wassers lauschen, als würde es ihnen erzählen vom Woher, Wohin und Warum. Das mit alten Steinen gefasste Rund der Quelle wurde von den Alten jeden Tag gesäubert und nicht die kleinste Verunreinigung trübte den quirrlend klaren Fluss des Wasser.

Kam jemand zu ihnen auf seinem Weg und bat darum, seinen Durst zu löschen, nahm die Alte ein feingewirktes Sieb. Damit tauchte sie in die Quelle, als wolle sie einen Fisch darin fangen. Mit dem Wasser, welches vom Sieb zurückbehalten wurde, füllte sie dann einen Becher, den ihr der Alte hinhielt. Manchmal brauchte es lange, den Becher zu füllen, manchmal fuhr die Alte nur einmal mit ihrem Sieb durch das Wasser der Quelle, und der Becher war bis an den Rand gefüllt.

Dorthin zu finden, war nicht einfach. Denn nur wer alleine über den Stillen See gerudert war und sich seinen eigenen Weg im Dunklen Wald suchte, fand hin zu der Quelle. Doch das nahmen die Menschen gerne auf sich, denn das kristallklare Wasser half ihnen, wenn Sorgen quälten und Probleme drückten; wenn die kleinen Nöte über den Kopf zu wachsen drohten, oder sie an sich selbst und ihrem Platz in der Welt zweifelten und nicht mehr weiterwussten auf ihrem Lebensweg.

Hatte man nämlich aus der Quelle der beiden Alten getrunken, konnte man sicher sein, dass die kommenden

Nächte Bilder malen würden, in denen die Antworten auf alle Fragen zu finden waren, wenn sie nur achtsam betrachtet wurden.

„Niemals ist die Welt einfach so wie sie ist", pflegten die beiden Alten zu sagen, wenn jemand seinen Durst an ihrer Quelle gelöscht hatte. „Deine Träume sind es, die sie erst erschafft und formt. Darum achte gut darauf, was dir deine Träume sagen und raten."

Aus diesem Grund wurde die Quelle der uralten Alten überall im Volke Traumquelle genannt. Und die beiden selbst waren geachtet und geehrt, wie kaum jemand im ganzen kleinen Königreich.

Doch eines Tages kam ein fremder Händler ins Land. Auf dem großen Platz vor dem Palast errichtete er an den Markttagen seinen Stand. Mit bunten Tüchern aus fremdartigen, schillernden Stoffen war dieser geschmückt, und die Stimme des Fremden klang laut und durchdringend über den ganzen Markt: „Träume jeder Art und Farbe! Hier gibt es kleine Träume für wenig Geld und große, die auch nicht viel mehr kosten!"

Zunächst lachten die Menschen über den Händler. Weshalb sollten sie sich irgendwelche fremden Träume kaufen? Wann immer sie einen brauchten, bekamen sie ihn doch bei der Traumquelle, ohne dafür bezahlen zu müssen.

Doch stets ist Neugierde stärker als Vernunft.

Zuerst waren es nur einige wenige, welche man am Stand des Händlers feilschen sah, doch von Woche zu Woche wurden es mehr. So aufregend anders waren die Träume des fremden Händlers, als alles, was im kleinen Königreich bis dahin geträumt worden war. Sie lösten zwar nicht die Sorgen und Probleme, welche die Menschen bewegten, umtrieben und drückten, aber man konnte die

Wirklichkeit und auch sich selbst vergessen, wenn man sie träumte. Denn jeder konnte alles sein in diesen Träumen: ein edler Held oder ein finsterer Bösewicht, die strahlend schöne Prinzessin oder das garstige Monster, König oder Bettler. Und man konnte diese Träume immer wieder und jederzeit träumen. Wenn man dann einen Traum satt hatte, gab es stets neue zu kaufen aus dem scheinbar unerschöpflichen Vorrat des Händlers. Und der hatte schnell begriffen, wie man den Menschen ihr Geld aus der Tasche ziehen konnte.

„Kauft Träume, Leute, wenn euch euer Leben zu eintönig erscheint!" rief er auf dem Markt, wo sein Stand inzwischen der größte und farbenprächtigste war. „Kauft Träume, wenn euch die Welt nicht bunt genug ist. Bei mir gibt es jeden nur denkbaren Traum und manche, die noch nicht einmal gedacht worden sind. Wollt ihr wissen, wie die Welt wirklich ist? Dann kommt und kauft die Träume, die ich für euch bereithalte!"

Der königliche Ratgeber aber erhob warnend seine Stimme im Rat der Stadt und auch im Schloss. „Fragt den Händler nach der Herkunft dieser Träume," forderte er vom König. „Mir scheint, sie sind in Quellen gewachsen, deren Urgrund schlammig und trübe ist. Eure Untertanen vergessen darüber ihre eigenen, die wirklich wahren Träume. Und die sind es, welche das kleine Königreich wachsen und gedeihen lassen."

Doch der König dachte an die schönen Steuern, die ihm dann der Händler nicht mehr zahlen würde und daran, was er in nächster Zeit noch alles an größeren Ausgaben würde tätigen müssen. Er beschloss, den Rat seines Ratgebers nicht zu befolgen und gab stattdessen dem fremden Händler Sitz und Stimme im Rat der Stadt. Doch sein Ratgeber ließ nicht ab, ihn zu warnen und wiederholte seine Vermutung Tag um Tag, bis der König eines Tages zornig rief: „Ich habe genung von Euren Ermahnungen und will Euch nicht mehr sehen! Macht, dass Ihr mir aus den Augen kommt!"

Erbost und gekränkt nahm der Ratgeber seinen Umhang, wandte sich ab und war seit jener Zeit nicht mehr gesehen. Weder im Rat der Stadt noch sonst irgendwo im kleinen Königreich.

Der fremde Händler aber konnte mit der Zeit kaum so viele Träume herbeischaffen, wie er auf dem Marktplatz verkaufte. Viele Bewohner des kleinen Königreiches hatten sich tief verschuldet, Hab und Gut verpfändet, weil neue, ungeträumte Träume wahrlich eine stattliche Summe kosteten.

Fragte man den Händler jedoch nach der Herkunft der Träume, wurde er, im Gegensatz zu seiner sonstigen Art, sehr einsilbig und murmelte etwas von Geschäftsgeheimnissen, und das gehe nun wirklich niemanden etwas an.

Bald schon war der fremde Händler der reichste Mann im kleinen Königreich, und seine Stimme im Rat der Stadt hatte großes Gewicht, obwohl er noch jung an Jahren war und noch nicht viel gesehen haben konnte von der Welt und dem, was sie auf ihrem Lauf um die Sonne am Drehen hält.

Seinen Weg zur Traumquelle fand schon lange niemand mehr. Weshalb auch? Gab es doch zu träumen ohne Unterlass und dies ohne sich der Mühen zu unterziehen über den Stillen See zu rudern, um im Dunklen Wald seinen Weg zur Traumquelle zu finden. Und so geschah es, dass die Quelle der uralten Alten in Vergessenheit geriet und sich schon bald niemand mehr daran erinnern konnte, jemals dort seinen Durst gelöscht zu haben.

Aber noch anderes hatte sich verändert im kleinen
Königreich. Etwas Unmerkliches, kaum Fassbares, breitete sich über das Land wie ein feingewobenes Spinnennetz, das alles weich und warm umhüllt und doch gefan-
genhält. Gingen die Menschen früher auf die Straßen
und Plätze, um sich mit Freunden und Bekannten zu
treffen, zu traschten, zu plaudern oder zu reden, schlossen sie heute schnell die Türen hinter sich, wenn sie in
ihre Häuser gingen, um nicht gestört zu werden beim
Träumen ihrer neuesten Träume. Obwohl die Menschen
lachten ohne Unterlass, wenn sie doch einmal mit anderen zusammentrafen und scheinbar fröhlich den Tag und
ihre Zeit verbrachten, schienen sie bedrückt und krank,
sobald sie sich unbeobachtet wähnten.

Die Geschäfte der Heilkundigen und selbsternannten
Heiler gingen glänzend. Bei Kräuterhexen und zwielich-
tigen Zauberern drängten sich die Menschen wie seit der
letzten großen Fieberseuche nicht mehr - und die war
schon lange her. Sie suchten Rat und Linderung gegen
eine Krankheit, die sich im kleinen Königreich ausbreite-
te wie eine unbekannte, alles bedrohende Seuche. Sie
nahm den Augen ihre Sehkraft und den Ohren den
Klang.

Die Menschen des kleinen Königreiches begannen blind
und taub zu werden für die wirkliche Welt.

Das kleine Königreich darbte an dieser Krankheit seiner
Bewohner: viele Felder lagen brach, das Vieh wurde nicht
mehr gepflegt, das alte Wissen um das Geheimnis der
Erde und der geheimnisvollen Metalle darin wurde nicht
mehr weitergereicht, die Sänger fanden niemanden
mehr, der ihnen zuhören wollte, das ganze Land lag
trübe nieder, als ob es unter einer dicken schweren
Wolkendecke begraben wäre. Einer Decke aus Träumen,

deren Quellen schlammig waren und trübe.

Der Rat der Stadt tagte ohne Unterlass. Doch niemand wusste, was weiter geschehen sollte.

Allein der Händler sprach selbstgefällig lächelnd: „Ich werde tun, was in meinen Kräften steht und für einen guten Vorrat an Träumen sorgen. Das ist es, was das Volk jetzt am meisten braucht." Während er das sagte, rieb er sich die Hände und leckte sich die Lippen, als würde er einen köstlichen Braten riechen.

Einer der Stadträte schüttelte müde den Kopf. „Das kann ich kaum glauben", murmelte er. „Wenn nur der königliche Ratgeber wieder an unserem Tisch sitzen würde. Der könnte uns sicher sagen, was zu tun ist."

Da erinnerte sich auch der König wieder an seinen Berater, den er vor Zeiten erbost von sich geschickt hatte. Zutiefst bedauerte er nun seine Rede von damals und seinen ungerechten Zorn. Überall ließ er nach ihm suchen. Allein der königliche Ratgeber fand sich nirgendwo im ganzen Königreich.

Da war guter Rat recht teuer geworden.

Der Händler aber verkaufte Träume in grellen, schrillen Farben, die polternd laut daherkamen. Denn nur diese konnten von den Menschen noch wahrgenommen werden, fast blind und nahezu taub, wie sie geworden waren, für die wirkliche Welt. Und sie wurden ihm aus den Händen gerissen, was er auch dafür verlangte.

Was war den Menschen auch noch geblieben, als die Träume, die ihnen der Händler auf dem Markt darbot? Die wirkliche Welt verblasste immer mehr vor ihren erblindenden Augen und in ihren Ohren war die wunderbare Melodie des Lebens verstummt.

Bald ließen die Sorgen um sein kleines Reich den König des Nachts kein Auge mehr zutun. So lief er in seinem

Zimmer auf und ab. Von einer Wand zur anderen, bis er endlich müde war und schlafen konnte. Doch nach einigen Nächten half dies nichts mehr. Da schritt er allein durch die langen, nur spärlich erleuchteten kalten Korridore seines im Schlaf liegenden Schlosses.

Hierhin und dorthin.

Dorthin und hierhin.

Und in einer dieser Nächte geschah es, dass der König, bei den Wanderungen durch seinen Palast, gedankenverloren die schwere Tür zur königlichen Bibliothek öffnete. An diesem Ort war er schon lange Jahre nicht mehr gewesen. Erstaunt blickte er um sich, denn in der Bibliothek brannte irgendwo ein spärliches Licht. Der König sah die vielen alten und kostbaren Bücher und Folianten, die in hohen Regalen die steinernen Wände hinaufwuchsen und scheinbar kein Ende nahmen. All das Wissen vergangener Zeiten war hier niedergeschrieben. Langsam und mit wach werdenden Augen ging er weiter auf das Licht zu.

Er fand seinen Ratgeber lesend an einem Tisch sitzen. Seine Pfeife kringelte gleichmäßige Gedanken vor sich hin. Neben ihm stand eine mit Duftöl gefüllte Lampe, eine Karaffe mit dunklem Wein und ein Teller mit Essensresten aus der königlichen Küche. Überall auf dem Tisch lagen aufgeschlagene Bücher, vollgeschriebene Zettel und Blätter.

Der König räusperte sich ein wenig.

Es geschah nichts.

Der König räusperte sich ein wenig mehr.

Der alte Ratgeber blätterte langsam und sorgfältig die Seite eines alten Buches um, paffte einen dichten Kringel dunkelblauen Rauches und vertiefte sich wieder in das, was er las.

Nun hustete der König, und zwar so lange, bis der alte Ratgeber, ohne sich umzuwenden, in ziemlich spitzem Ton sagte: „Sieh da, nun hat der König auch noch das Sprechen verlernt. Da steht es wahrlich nicht mehr gut um das Reich."

„Ich habe Euch überall suchen lassen?" stotterte der König verwirrt.

„Überall?" Der alte Ratgeber wandte sich um, schaute dem König grimmig in die Augen und schüttelte dann den Kopf. „Ich war hier. Die ganze Zeit. Man muss mich nicht suchen, wenn man weiß, wo man mich finden kann."

Zerknirscht senkte der König den Blick. „Ich war überheblich und hörte nicht auf Euch. Was ich tat, war ungehörig und eines Königs nicht würdig."

Als der Ratgeber schwieg, an seiner Pfeife paffte und die Augen geschlossen hielt, räusperte der König sich erneut und erklärte weiter: „Es ist mir überhaupt nicht erlaubt, Euch vom Hof und meiner Seite zu vertreiben. Es sei denn, ich würde auch gehen. So habe ich es zumindest geschworen, als mir die Krone des kleinen Königreiches aufs Haupt gesetzt wurde."

„Als ob ich das nicht selbst wüsste", gab der alte Ratgeber ungerührt zurück, „schließlich war ich ja dabei."

Dann schwieg er wieder.

Lange. Und noch ein wenig darüber hinaus.

Endlich hielt es der König nicht mehr aus und sagte: „Ich und das Reich brauchen Euren Rat."

„Dazu bin ich da", bekam er kurz und bündig Antwort.

Wieder brauchte der König seine Zeit. Dann sagte er: „Die Menschen im ganzen Reich erblinden und werden taub. Niemand weiß, woher die Krankheit kommt und keiner kennt ein Mittel dagegen."

„Ich habe nachgelesen und Bücher geöffnet, die schon lange nicht mehr aufgeschlagen worden sind", antwortete der Ratgeber und die geröteten Augen unter den nebelgrauen, verzwirbelten Augenbrauen blinzelten müde. „Ich denke, ich habe herausgefunden, weshalb die Menschen erblinden und taub werden. Den Menschen fehlen ihre Träume."

„Aber das ganze Volk träumt ohne Unterlass ...", warf der König ein.

Der alte Ratgeber fuhr mit der Hand durch die Luft, als wolle er ein Spinnennetz zur Seite wischen. „Ihre eigenen Träume, meine ich. Die wirklichen Träume, welche aus einer Quelle kommen, die umsorgt wird und gepflegt, von Mächten, welche lange vor unserer Zeit schon am Muster des Lebens mitgewirkt haben. Nicht diese billigen Träume, dieser bunte Tand, der auf dem Marktplatz feilgeboten wird, dessen Ursprünge in verschlammten Quellen liegen und die mit dem bitteren Wasser der Gier genährt wurden."

Er wandte sich ab, paffte heftig an seiner Pfeife und vertiefte sich in ein altes Buch, dessen zerfledderte Seiten er vorsichtig umblätterte.

„Aber dann sagt mir doch, was ich tun soll?" forderte der König den Ratgeber auf.

„Das Wasser der Traumquelle würde die Menschen heilen", antwortete dieser. „Doch die beiden Alten sind verschwunden, und die Quelle ist zu einem Rinnsal verkümmert. Ihr müsst hingehen und herausfinden, wie dies zu ändern ist."

„Das werde ich sofort veranlassen", beeilte sich der König zu sagen. Und froh, endlich etwas tun zu können, wollte er sich umwenden, um die entsprechenden Befehle zu erteilen.

Doch die schneidend scharfe Stimme seines Beraters ließ ihn innehalten. „Ich sagte Ihr und meinte auch Ihr!" Der Ton wurde ein wenig milder und ein mitfühlendes Lächeln erschien auf dem zerfurchten Gesicht des Ratgebers. „Ihr selbst, mein König! Denn es ist Euer Reich, welches es zu retten gilt."

So kam es, dass der König sich alleine aufmachte über den Stillen See hinweg, in den Dunklen Wald, hin zur Traumquelle. Es dauerte seine Zeit, bis der König seinen Weg zu ihr gefunden hatte, denn auch er war schon lange nicht mehr dorthin gegangen. So ging er manches Mal in die Irre, doch da er sein Ziel immer im Sinn behielt, kam er eines Tages an das, was von der Traumquelle übriggeblieben war.

Das war nicht mehr viel. Die alten Steine, welche die Quelle gefasst hatten, waren eingebrochen und übereinander gestürzt. Alles war dick mit schwarzgrünem Moos bewachsen. Dunkel und kümmerlich quoll etwas Wasser zwischen den Steinen hervor. Ein schmieriger, in der Sonne schimmernder Schleier von Schmutz und Staub und trübem Gemüt lag über dem ganzen Platz. Die Bank, auf der die beiden Alten oft gesessen hatten, um der Quelle zu lauschen, war geborsten, in das kleine Haus regnete es hinein, und der Wind pfiff darin ein garstig, kaltes Lied.

Unentschlossen sah sich der König um. Dann jedoch spuckte er in seine Hände und machte sich ans Werk. Er fertigte neue Schindeln für das Dach und richtete Stuhl und Tisch und Bett darin. So hatte er wenigstens eine trockene Unterkunft und ein wärmendes Feuer in der Nacht. Damit hatte er zu tun, bis der Mond voll und rund am Himmel stand. In dieser Nacht fand der König keinen Schlaf. Unentwegt heulte und jammerte es aus der Quelle, dass es das Herz eines alten Steines hätte erweichen können. Schließlich ging der König dahin, wo das kleine Rinnsal der Quelle noch zwischen einigen Steinen sickerte. Und im Mondlicht sah er dort einen Geist sitzen, der war so mager und abgezehrt, dass man ihn unter einer Türe hätte durchschieben können.

„Wer bist du?" fragte der König. „Und warum jammerst du so herzerbarmend?"

„Ich bin der Geist der Quelle", sagte die jämmerliche Gestalt. „Aber wenn sich nicht bald etwas ändert, werde ich diesen Ort verlassen und diese Quelle wird auf ewige Zeiten versiegen."

„Aber warum?" fragte der König. „Was muss geschehen, was muss sich ändern?"

„Schau dir an, was aus der Quelle geworden ist", fuhr ihn der Geist hohlwangig an. „Wie soll darin ein Quellgeist wohnen können?"

Da zögerte der König nicht lange. Obwohl es noch tiefe Nacht war, machte er sich ans Werk. Unter den fachkundigen Anleitungen des Quellgeistes, schrubbte er im Licht des vollen Mondes von den eingebrochenen Steinen das dicke Moos herunter. Er legte sie zur Seite und befreite mit seinen Händen den Grund der Quelle von allem Schlamm, verrottetem Laub, das der Wind hierher getrieben und den vielen kleinen Steinchen, die sich im Laufe der Zeit dort angesammelt hatten und den Fluss des Wassers aus der Tiefe der Erde verhinderten. Dann nahm er die gesäuberten Steine und fasste die alte Quelle sorgfältig neu. Zufrieden nickend sah ihm der Quellgeist dabei zu. Als der Mond die Welt verließ, war das Werk des Königs fertiggestellt.

Der Quellgeist dankte ihm überschwänglich. „Du hast mir mein Zuhause neu erschaffen", sagte er. „Zum Dank

dafür, will ich mich auf den Weg machen und den uralten Alten davon berichten. Sicher werden sie nun wieder
hierher zurückkehren."

Er sprang in die inzwischen munter sprudelnde Quelle
und war in einem Augenblick hinter einigen Wasserkringeln verschwunden.

Müde wollte der König sich ausruhen und den aufziehenden Morgen erwarten. Doch da sah er das zerborstene Brett der Bank, auf welcher die beiden Alten immer
gesessen hatten. So ging er los, suchte ein dickes, in
Würde gealtertes Holz, hobelte es glatt und richtete so
die Bank vor der Quelle.

Aufatmend setzte sich der König schließlich und sah sich
um. Der Tag war vergangen. Es war Abend geworden, er
war müde, und alles war zu seiner Zufriedenheit gerichtet. Durstig kniete der König vor der Quelle, faltete seine
Hände zu einem Gefäß und trank von dem kristallklaren
Wasser. Salzig schmeckte es, wie Tränen, die schon lange
darauf gewartet haben, wieder fließen zu können. Aber es
stillte seinen Durst, und danach schlief er in der Hütte
einen tiefen Schlaf, der ihm heilsame Bilder brachte.

Als der König am nächsten Tag ausgeruht und voller
Tatendrang zur Quelle ging, um sich zu waschen und
seinen Durst zu löschen, lag dort auf den alten Steinen,
die er gestern Nacht gesäubert, aufgeschichtet und neu
gefasst hatte, ein alter Becher und ein feingewirktes Sieb.
Da wusste der König, dass die beiden uralten Alten wieder zurückkehren würden. Voller Freude setzte er sich auf
die Bank und wartete.

Es war am frühen Abend als die beiden kamen. Hand in
Hand schritten sie auf den König zu. Der Mond war eben
aufgegangen, und die Sonne bereitete sich ein flammendes Bett. Als die beiden uralten Alten sahen, wie alles

wieder wohlgerichtet war, dankten sie dem König. Dann erzählten sie ihm, dass die Träume des fremden Händlers aus schlammigen Quellen mit bitterem Wasser kämen. Ihr Gift ließ die Menschen des Landes langsam blind und taub werden für die wirkliche Welt.

„Dein kleines Königreich ist nicht einfach was es ist", erklärten die beiden Alten dem König", sondern das, was jeder seiner Bewohner, in seinen Träumen hinzufügt. Es darbt und verkommt, weil keine wirklichen Träume mehr in ihm geträumt werden, sondern nur mehr fremde."

Sie gaben ihm einen großen Krug mit dem kristallklaren Wasser der Traumquelle und trugen ihm auf, damit die Träume des Händlers in der Nacht vor dem nächsten Markttag zu besprengen. „Du wirst schon sehen, was geschieht. Der Morgen ist klüger als der Abend. Warte nur ab", sagten sie beim Abschied.

Der König tat, wie ihm geheißen. In der Nacht vor dem nächsten Markttag sprengte er das Wasser der beiden Alten über die Auslagen des Traumhändlers.

Wie gewohnt, war das Gedränge am Morgen an diesem Stand am größten, und schon am frühen Mittag war alles ausverkauft. Der Händler rieb sich zufrieden die Hände. Die Menschen zerstreuten sich und gingen zurück, in ihre Häuser und Zimmer, die neuen Träume zu träumen.

Doch das Wasser aus der Traumquelle, mit dem der König den Stand besprengt hatte, blieb nicht ohne Wirkung. Die Menschen begannen beim Träumen zu erwachen. Erschrocken erkannten sie die dunkle Herkunft der Träume des fremden Händlers und sahen das Gift in ihnen.

Schon am nächsten Tag fanden die ersten Bewohner des kleinen Königreiches wieder ihren Weg zur Traumquelle der uralten Alten. Und von Tag zu Tag wurden es mehr. Alle bekamen ihren Becher gefüllt und konnten die Inschrift lesen, die auf den alten Steinen, welche die Quelle wieder neu fassten, eingemeißelt war:

> „Träume nicht dein Leben,
> lebe deine Träume."

Die Geschäfte des fremden Händlers aber gingen schlecht und schlechter. Denn kaum noch jemand wollte Träume träumen, die aus schlammigen Quellen mit bitterem Wasser kamen. Zu wichtig waren den Menschen wieder ihre eigenen, die wirklichen Träume geworden - und davon hatte der Händler recht wenig zu bieten.
Das kleine Königreich jedoch gedieh wieder und wuchs, denn die Menschen dort wussten nun, dass nur die eigenen Träume für die Wirklichkeit wichtig sind.

DER LIEBESTRANK

Aufgeregt und voll gespannter Erwartung leuchteten die Augen der Kinder, als die Wagen der Schausteller sich auf der Festwiese vor dem Dorf sammelten. Es war ein heißer Nachmittag im Spätsommer. Träge flirrend lastete die Hitze über dem Land. Neugierig drückten sich die Kinder in den Schatten der Schaustellerwagen herum, um einen schnellen Blick auf eines der Geheimnisse zu erhaschen, die in den großen Kisten, den noch zusammengerollten Teppichen, hinter den mit fremden Schriftzeichen beschriebenen Tüchern verborgen sein mussten. Die Schausteller ließen sie gewähren. Sie wussten wohl, je mehr den Erwachsenen vom bunten Treiben auf der Festwiese erzählt wurde, um so neugieriger würden sie am Abend den Weg hier heraus finden.

Blutrot bemalten Sonne und vom Wind zerzauste Wolkenfetzen den Abendhimmel. Die Nacht brachte nicht die erhoffte Kühlung, und auch das lang herbeigesehnte Gewitter ließ auf sich warten.

In kleinen Gruppen kamen die Dorfbewohner nach dem abendlichen Mahl auf die Festwiese.

Die Schausteller und Gaukler, Tierbändiger, Akrobaten, Feuerspucker, Jongleure, die Kunsthandwerker und Händler hatten ihre Buden und Stände, ihre Auslagen und Tische hergerichtet, geschmückt und mit bunten Lampen beleuchtet. Hier wurden leckere Spezereien angepriesen, dort lockten die Düfte fremdartiger Öle. Eine Frau auf Stelzen ließ Reifen, Bälle und Keulen durch die Luft tanzen. Ein fahrender Hufschmied brachte seine Esse zum Glühen und schlug mit dem schweren Hammer zum wehmütigen Lied eines Barden den Takt auf dem Amboss. Ungehalten brummte der Tanzbär, als ihn die Kinder zu heftig im Fell zwackten; am Stand mit den Gewürzen kosteten die Frauen mit feuchtem Zeigefinger von allerlei Scharfem und Süßem, Bitterem und Saurem; und ein Zauberkünstler ließ Kaninchen und Tauben in einem Hut verschwinden, um sie daraufhin wieder aus dem Ärmel seines weiten, schwarzgoldenen Umhangs zu ziehen.

Die Kinder starrten rund und groß, und auch die Erwachsenen konnten sich der Magie dieses farbenprächtigen Treibens nicht entziehen. Bald schon leuchteten auch ihre Augen in kindlicher Erinnerung und ungetrübter Freude.

Die Last des Tagewerkes und das Wissen um den kommenden Morgen voll Arbeit, Mühe, Staub und Schweiß, waren den vielen „Aahs" und „Oohs" gewichen, dem Staunen und Lachen, dem Riechen und Schmecken, dem Fühlen und Erleben.

Elena und ihr Mann Maro ließen sich im Fluss der zahlreichen Menschen treiben. Sie bestaunten den alten, zahnlosen, schläfrig blinzelnden Tiger in seinem Käfig, hielten gebührend Abstand, als der Feuerspucker seinen Drachenatem in den Nachthimmel stieß, legten dem purzelbaumschlagenden Äffchen eine kleine Münze in die aufgehaltene runzelige Hand und bewunderten die Fertigkeit eines Zahnziehers, der einem Alten aus dem Dorf geschickt den letzten Zahn entfernte, ohne dass dieser vor Schmerzen aufbrüllte.

Erst spät in der Nacht wurde es ruhiger auf der Festwiese. Die meisten Kinder lagen bereits in ihren Betten und lächelten immer wieder still, wenn ihnen ein kleiner, bunter Traum im Schlaf begegnete.

Auch Elena und Maro hatten beschlossen zu gehen, als Elena einen kleinen, spärlich beleuchteten Planwagen, der ein wenig abseits stand, entdeckte.

„Was gibt es wohl dort?"

Maro folgte ihr etwas unwillig, sehnte er sich doch nach dem weichen Bett.

„Schau nur", flüsterte Elena aufgeregt.

Die verblichene Plane war mit seltsamen Zeichen, Fabelwesen, vielzackigen Sternen, starrblickenden Augen und geheimnisvollen Mustern bemalt. Getrocknete Krähenfüße, ein buschiger Fuchsschwanz, mehrere Hasenpfoten, ein Rinderhorn, einige balsamierte Feuersalamander und Eidechsen, eine mit züngelnder Zunge erstarrte Schlange, sowie eine Menge anderer Krimskrams, den Maro nicht genau erkennen konnte, baumelten an einer Schnur aus geflochtenem Pferdehaar. Auf einem verwitterten Schild konnte Maro mit Mühe entziffern:

Elixiere, Salben, Pasten,
denen weder bekannte, noch unbekannte
Krankheiten standhalten können.
- Handlesen und Kartenlegen -
Ein Blick in Vergangenheit und Zukunft!
Wagt den Schritt herein,
und all Eure Vorstellungen werden wahr.

Zwischen Zaudern, Zögern und erwartungsvoller Neugierde drängte Elena: „Komm, lass uns hineingehen. Wir wollen uns die Karten legen lassen." Und, um ihren Mann zu überzeugen, fügte sie hinzu: „Vielleicht können wir hier auch eine Heilsalbe für unser krankes Fohlen bekommen."

„Dazu brauche ich wirklich keine Quacksalber", brummte Maro. „Lass uns gehen. Ich bin müde, und dieser Wagen hier gefällt mir ganz und gar nicht!"

„Ach was", wischte Elena seine Einwände beiseite, „dann geh ich eben allein."

Maro lächelte. Er wusste, wenn Elena sich etwas in den Kopf gesetzt hatte, würde sie es auch tun.

„Ich warte zuhause auf dich", sagte er und gab ihr einen Kuss. „Lass dich nicht verzaubern, und merke dir nur die schönen Dinge, wenn du dir die Zukunft vorhersagen lässt."

Maro ging, und Elena sah ihm nach, bis die Nacht ihn aufgenommen hatte.

Gerade als sie sich dem Planwagen zuwenden wollte, schien ihr, als ob eine schemenhafte, weißgewandete Gestalt ihr aufgeregt von Ferne zuwinken würde. So, als wolle sie Elena vor etwas warnen. Doch im spärlichen Licht der niedergebrannten Feuerstellen und den wenigen Fackeln sah sie nichts mehr. „Jetzt sehe ich schon Geistgestalten", murmelte sie vor sich hin, wandte sich um und stieg entschlossen die knarrenden Holzstufen des Planwagens empor.

Als sie ihre Hand nach dem Tuch vor dem Eingang ausstreckte, ertönte aus dem Planwagen eine alterslose Frauenstimme: „Kommt nur und wagt den Schritt. Ihr werdet nicht bereuen, den Weg in meinen Wagen gefunden zu haben."

Elena gab sich einen Ruck und schlug das Tuch zur Seite. Bunte Stoffe hingen an den Wänden, viele kleine Spiegelsplitter blinkten daran. Ein dicker Flickenteppich bedeckte den Boden, und in den Regalen neben Elena standen zahlreiche Dosen und verschlossene Gläser, Karaffen und Phiolen.

„Kommt und setzt Euch", hörte sie die Stimme wieder.

Langsam tastete sich Elena weiter, sorgsam darauf achtend, nirgendwo anzustoßen. Als sie auf dem Stuhl saß, konnte sie endlich die Umrisse einer Gestalt erkennen.

„Gebt mir Eure linke Hand", wurde sie aufgefordert.

Elena gehorchte und versuchte, in das Gesicht der Frau zu sehen.

„Ich wollte eigentlich nur ein Heilmittel für unser krankes Fohlen kaufen", sagte Elena hastig, als alte, gekrümmte Finger die Linien ihrer Hand nachzuzeichnen begannen.

„Ich weiß", bekam sie Antwort. „Ihr werdet bekommen was Ihr braucht und wollt." Die Frau gab Elenas Hand frei und zog das Tuch, das dunkle Schatten über ihr Gesicht gelegt hatte, in den Nacken.

Elena blickte in zwei unergründliche Augen, grau wie Bergseen unter schneeverhangenem Himmel. Falten und Furchen ohne Zahl hatten sich über ein langes Leben in das Gesicht gegraben. Dünn und schmal lagen die Lippen wie zwei Messerschneiden aneinander. Elena fröstelte. Eine leise Stimme in ihrem Herzen drängte sie, aufzustehen und so schnell als möglich zu gehen, doch der durchdringende Blick und die tonlos gesprochenen Worte der Alten zwangen Elena sitzenzubleiben.

„Ich sehe, Ihr lebt zusammen mit einem Mann, den Ihr über alles liebt."

Stumm nickte Elena.

„Glück sehe ich für Euch und Euren Mann. Glück und langes Leben. Liebe und Kinder."

Elena schwieg und starrte die Alte an.

„Das Fohlen wird gesunden", fuhr diese fort. „In einer Woche schon tollt es auf der Weide, als sei es niemals krank gewesen."

Die Alte kramte zwischen einigen Dosen, die neben und vor ihr standen. „Streicht das auf die Nüstern. Einmal am frühen Morgen und nochmals, wenn die Sonne untergegangen ist. Und das", wieder verrückte die Alte Flaschen und Gläser und stellte schließlich eine kleine Phiole mit kristallklarer Flüssigkeit auf den Tisch, „das mischt in den Wein Eures Mannes. Es ist ein Liebeselixier."

„Aber das brauche ich nicht", wehrte Elena ab und schob die Phiole wieder zurück.

Zum ersten Mal lächelte die Alte. Ein dünnes Lächeln, das Elena an Eisblumen denken ließ. „Habt Ihr nicht manchmal Streit mit Eurem Mann", fragte sie mit einer Stimme voll schwingender Verlockungen. „Wünscht Ihr Euch nicht, er würde nicht so häufig auf die Jagd gehen und Euch alleine lassen?"

Elenas Gedanken wirbelten durcheinander wie Schneeflocken in einem Wintersturm. Woher wusste die Alte dies?

„Wäre es Euch nicht lieb, er würde sich des Abends mehr um Euch kümmern, als mit seinen Freunden zusammenzusitzen oder bis in den frühen Morgen hinein Pfeile und Bogen anzufertigen?"

Elena versuchte vergebens, den rasenden Fluss ihrer Gedanken aufzuhalten. Woher nur war der Alten dies bekannt? „Wollt Ihr nicht, dass er Euch all Eure Wünsche erfüllt? Wollt Ihr nicht, dass er Euch liebt, so wie Ihr es Euch vorstellt und erträumt?"

Die Alte verstummte. Elena schien es lange Zeit nicht zu bemerken. Dann kniff sie erschrocken die Augen zusammen.

„Niemals", rief sie, niemals werde ich meinem Mann dieses Elixier zu trinken geben!"

„Niemand zwingt Euch zu Eurem Glück, gute Frau", erwiderte die Alte. „Doch wenn Ihr wollt, dass Euer Mann wird, wie Ihr ihn Euch schon immer gewünscht und vorgestellt habt, nehmt das Elixier. Die Heilsalbe für das Fohlen soll Euch ein Kupferstück kosten."

Noch wie in einem bösen Traum nestelte Elena an ihrem

Beutel, gab der Alten die Münze und hastete aus dem Wagen. Erst daheim bemerkte sie, dass sie die Phiole mitgenommen hatte.

•

Etwas war anders geworden im Dorf. Zuerst war es nur der Hauch einer Ahnung, die zum Schatten der Gewissheit wuchs, und schließlich merkte es auch Elena.
Es gab keinen Streit mehr zwischen Männern und Frauen. Glücklich und zufrieden, ohne böse Worte, ohne all die kleinen, oftmals mit Absicht herbeigeführten, unzähligen Missverständnisse, die bösen Spitzen und Sticheleien, lebten die Paare zusammen.
Bis auf Elena und Maro.
Immer noch war Maro oft tagelang auf der Jagd oder beschäftigte sich nächtelang mit seinen Pfeilen und den Bogen, die er für sich und andere fertigte. Und immer wieder gab es bei all ihrem gemeinsamen Glück, unnütze Streitigkeiten über Kleinigkeiten und einsame Tage und Nächte.
Als Maro wieder einmal auf die Jagd gegangen war, wälzte sich Elena schlaflos vor Sorge und Angst im Bett. Spät in der Nacht wurde sie von lautem Gepolter aufgeschreckt und hastete in die Küche.
„Maro!" schrie sie entsetzt, als sie ihren Mann sah.
Verdreckt und verschmiert, einen blutverkrusteten Lappen um Schulter und Arm gewickelt, breit und herzlich lachend, ein stolzes, glühendes Leuchten in den Augen, saß dort ihr Mann vor einem Krug Wein.
„Komm", sagte er, stand auf und legte einen Arm um ihre Schulter. Elena zuckte zurück. Maro stank, als ob er mit einer Dachsfamilie den Winterschlaf verbracht hätte. Doch er drückte sie fest an sich.

„Deine Schulter", sagte Elena und tastete sie vorsichtig ab.

„Ach was", meinte Maro leichthin. „Komm jetzt."

Er zog sie vor die Hütte und nahm die Lampe mit. Erschrocken drückte sich Elena in Maros Arm. Vor ihnen lag ein gewaltiger Bär auf der Erde. Die gebrochenen Augen funkelten auch im Tod noch gefährlich. An seinen langen Krallen klumpte Blut und Erde.

„Drei Tage habe ich ihn verfolgt", erzählte Maro. „Beim ersten Kampf habe ich ihn nur verletzt, aber heute Nacht konnte er mir nicht mehr entkommen!"

Stolz kniete Maro neben dem Bären. „Einen Mantel werde ich dir daraus machen", sagte er mit leuchtenden Augen, während seine Hand das dichte Fell durchwühlte. „Einen Mantel, wie es keinen schöneren gibt."

„Ich habe solche Angst, wenn du jagen gehst", sagte Elena später, als sie Maros Wunde säuberte und verband. „Dein Platz sollte hier sein, bei mir und unseren Pferden."

Maros Hand strich sanft über den Schaft und die Federn eines langen Pfeiles. „Schau dir diesen Pfeil an! Niemand im ganzen Land kann einen Pfeil wie diesen fertigen. Weißt du warum?"

Elena schüttelte den Kopf.

„Weil ich ein Jäger bin, und weil in meinen Pfeilen das Lied meiner Seele lebt."

„Dieses Lied verkündet Tod", stieß Elena verbittert aus.

Zufrieden nickte Maro. „Du hast recht. Meine Pfeile bringen den Tod", er hielt Elenas Hand fest, „aber sie sorgen auch für Kleidung und Nahrung."

„Und wenn dich der Bär getötet hätte?" begehrte Elena auf. „Warum denkst du denn nicht auch an mich?"

„Ich habe ihn getötet!" stellte Maro fest, und der Ton in

seiner Stimme bedeutete ihr, dass es hierüber nun nichts mehr zu reden gab.

In der Küche wartete Elena, bis Maro sich gewaschen hatte. Das Feuer war neu entfacht, der Topf mit Suppe daraufgestellt und der Weinbecher frisch gefüllt. Mit einem tiefen Zug leerte Maro ihn, füllte ihn erneut, holte sich den Topf vom Herd und löffelte und trank, während er von seiner Jagd erzählte. Elena saß still neben ihm und sah ihn aufmerksam an.

Später lag sie in seinem Arm und lauschte dem ruhigen, tiefen Atem.

Am nächsten Morgen stand Maro wie gewohnt auf, aß und trank und ging dann zur Koppel, um nach den Pferden zu sehen. Den Bären und die Jagd erwähnte er mit keinem Wort, obwohl er sonst, wenn er vom Jagen kam, noch tagelang davon sprach und erzählte. Elena schaute unsicher auf die leere Glasphiole. Fast wünschte sie sich jetzt, sie hätte das Elixier gestern Nacht nicht in den Wein gemischt.

Doch in der darauffolgenden Zeit hegte sie diesen Gedanken nicht mehr. Maro verwöhnte sie, las ihr jeden Wunsch von den Augen ab, trug sie auf Händen. Vergessen waren die Streitereien, die langen Auseinandersetzungen über Nichtigkeiten. Maro war, wie ihn sich Elena immer gewünscht hatte. All ihre Träume, Sehnsüchte, Vorstellungen waren mit einem Mal Wirklichkeit geworden. Sie schwelgte in ihrem Glück und genoss jeden Augenblick davon.

Und so lebte Elena mit Maro Tag für Tag, Nacht für Nacht, Woche um Woche. Maro fertigte nicht mehr nächtelang Pfeile und Bogen. Er ging nicht mehr auf die Jagd, und seine Waffen lagen achtlos in einer Ecke der Hütte.

Es ist, als ob ich ihn mir selbst erschaffen hätte, nur für mich, dachte Elena oft, wenn sie ihren Mann liebevoll ansah.

Der Sommer war verstrichen, und der Herbst bereitete mit farbenfroher Hand das Land für den Winter vor. Die Ernte war eingebracht, die Schober prall gefüllt mit duftendem Heu.

Der erste Schnee fiel früh in diesem Jahr. Das Land wurde still, hielt friedvolle Einkehr unter der dicken weißen Winterdecke. Es gab nicht viel zu tun. Elena kümmerte sich um die Pferde und Maro sorgte dafür, dass immer genügend Feuerholz vorrätig war. Diese Zeit des Jahres war immer die schönste für die beiden gewesen. Die knackenden Holzscheite und Feuersterne im Kamin, die kuschelige Wärme, die langen Nächte voll Nähe und vertrauter Zärtlichkeit, während draußen der Eiswind heulte und jammerte.

Doch in diesem Winter war es Maro oftmals kalt. Stundenlang saß er am Fenster und starrte, ohne wirklich etwas zu sehen, in den grauverhangenen Himmel, der so tief hing, dass die kahlen, hochgereckten Äste der Bäume ihn zu berühren schienen. Anfangs glaubte Elena, er sei krank. Sie gab ihm Heilkräutertee zu trinken und steckte ihn ins Bett unter dicke Decken, damit er die Krankheit aus seinem Körper schwitzen konnte. Aber nichts wollte helfen. Nachts quälten Maro Träume, von denen er am Morgen nur berichten konnte, dass sie voller Angst und Schmerz gewesen waren. Elena gegenüber war Maro wie immer: liebevoll, zuvorkommend, geduldig. Der Liebestrank wirkte vollkommen. Elena spürte jedoch eine unbekannte, bedrohliche Leere, wenn Maro mit ihr sprach. Und wenn sie in die Augen ihres Mannes schaute, fröstelte sie.

Elena hoffte auf den Frühling. Aber auch, als sich die ersten Blumenknospen aus der dünn gewordenen Schneedecke hervorwagten, das Schmelzwasser die Bäche anschwellen ließ, mehr und mehr Vögel zurückkehrten, um sich aufs Neue Nistplätze zu bauen, der Himmel höher und weiter wurde, änderten sich die schweren Träume Maros nicht, und auch am Tage saß er immer noch lange Stunden und schaute blicklos und stumm in ein fremdes Nirgendwo.

In einer schon lauen Vollmondnacht lag Elena, ohne Schlaf zu finden, neben Maro. Ihre Gedanken trieben dahin wie die Samen des Löwenzahns im böigen Wind. Das Mondlicht versilberte die Blätter des Baumes vor dem Fenster und legte sich als schwerelos glänzender Teppich über das Bett. Irgendwo in der Ferne tönte der Klageruf einer Eule, einige Grillen versuchten sich schon jetzt in den Gesängen für den kommenden Sommer, die Pferde in der nahen Koppel schnaubten leise und zufrieden. Maro atmete schwer und auf seiner Stirn glänzte Schweiß.

Seufzend schloss Elena die Augen und fiel in einen unruhigen Schlaf. Undeutlich, wie in dichtem Nebel, sah sie darin eine alte Frau auf sich zukommen. Zwar war sie noch weit entfernt, doch sie winkte und rief laut. Aber Elena konnte ihre Worte nicht verstehen, denn zur selben Zeit gellte in ihren Ohren das kreischende Lachen der Hexe, die ihr den Liebestrank mitgegeben hatte.

Am nächsten Morgen grübelte Elena lange. Am Mittag holte sie dann die Waffen ihres Mannes. Sorgfältig säuberte sie sein geliebtes Jagdmesser, überprüfte und spannte den Bogen, schärfte die Pfeile und setzte neue Federn ein. Maro beobachtete sie verwundert. Als Elena mit ihrer Arbeit zufrieden war, reichte sie ihm die Waffen.

Verständnislos sah ihr Mann sie an.

„Aber was ist denn?" wollte Elena wissen. Maro zuckte mit den Schultern, ließ die Waffen unberührt und ging, um nach den Pferden zu sehen. Erst spät am Abend kehrte er zurück. Er schien erleichtert, als er seine Waffen nicht entdecken konnte.

Elenas Entschluss jedoch stand fest: Sie würde sich auf den Weg machen, um diese Wahrsagerin, diese Hexe zu finden. Es musste ein Mittel gegen das Liebeselixier geben.

Sie packte alles Nötige für eine lange Reise zusammen und trug Maro auf, die Pferde zu satteln. Wie in all der vergangenen Zeit gehorchte dieser, ohne zu fragen wieso, weshalb oder warum.

•

Den ganzen Sommer ritten Elena und Maro kreuz und quer durch das Land. Sie suchten in abseits gelegenen kleinen Siedlungen und Gehöften, in den vielen Dörfern und auch in quirligen Städten. Oft konnte sie erfahren, dass die alte Wahrsagerin in ihrem geheimnisvollen Planwagen auch hier gewesen war. Wo sie aber jetzt zu finden sei, wusste niemand. Enttäuscht kehrten Elena und Maro von ihrer erfolglosen Suche nach Hause zurück. Die Abendsonne hatte einen sanften Schleier über die harte, grelle Wirklichkeit des heißen Herbsttages gelegt. Der Wind flüsterte und wirbelte feinen Staub über die Hügel. Die Tür zu ihrem Haus stand offen. Elena zügelte ihr Pferd und schaute sich misstrauisch um.

„Da ist jemand in unserem Haus!" sagte sie. „Wer mag das sein?"

Maro zuckte die Schultern, stieg vom Pferd und ging mit ihr ins Haus.

„Was hast du hier zu suchen", empörte sich Elena, als sie eine alte Frau sah, die in einem Topf auf dem Herd rührte.

„Ich habe euch eine Suppe gekocht." Die Alte ließ sich durch die ungehaltene Stimme Elenas keineswegs aus der Fassung bringen.

„Aber, ...", stotterte Elena fassungslos, „dies ist unser Haus!"

„Ich will es dir doch nicht wegnehmen!" beruhigte die Fremde Elena. Sie nahm einen Löffel und kostete mit prüfend schnalzender Zunge von der Suppe. „Ich denke, es braucht noch etwas Sauerampfer."

Sie gab Elena den Löffel. Ohne lange zu überlegen versuchte diese.

„Salz", antwortete sie dann. „Es ist Salz, was der Suppe fehlt. Aber, sagt mir endlich, was Ihr hier wollt!" Elena hielt den Löffel fest in der Hand.

„Ich will dir helfen, die Hexe zu finden." Die Frau zerrieb getrockneten Sauerampfer zwischen den Handflächen über dem Kessel. „Erkennst du mich denn nicht?"

Elena runzelte die Stirn und dachte nach.

„Wenn du mir öfters zuhören würdest, müsste ich heute vielleicht nicht hier sein", half die Fremde Elena weiter.

„Seid Ihr die Frau aus meinem Traum?" fragte Elena zögernd.

„Nicht nur das", bekam sie Antwort. „Auf der Festwiese, als du in den Wagen der Hexe gestiegen bist, war ich dir nahe, doch du hast dich abgewandt. Wie in manchen anderen schweren und leichten Stunden auch. Ich bin die Stimme, die in deinem Herzen spricht. Und heute ist ein Tag, an dem ich mich dir auch zeigen kann."

Während die drei am Tisch saßen und die Suppe löffelten, der es weder an Sauerampfer noch an Salz mangelte, sagte die alte Frau: „Ich werde dir den Weg zu der Hexe weisen, und dir erklären, wie du die Macht des Liebestrankes brechen kannst."

Nach dem Essen nahm die alte Frau Elena zur Seite. „Immer wenn jemand den Liebestrank zu sich nimmt, wächst im geheimen Garten der Hexe eine Pflanze. Du musst die Pflanze finden, welche wuchs, als Maro den Liebestrank nahm."

„Aber wie sollte ich das können?"

Die alte Frau lächelte milde und nahm Elenas Hand. „Hör gut zu", begann sie, und dann erzählte sie bis in die Nacht, während Elena mit großen Augen wieder und wieder Fragen stellte.

Als die alte Frau schwieg, starrte Elena durch die offenstehende Tür in das nächtliche Dunkel, welches erfüllt war von Zikadengezirpe und dem leisen Murmeln des nahen Baches.

„Ich werde tun, was Ihr mir geraten habt", versprach Elena. „Morgen in aller Frühe werde ich aufbrechen und all Eure Worte beherzigen."

Die zwei Frauen umarmten sich schweigend. Dann ging die Alte hinaus in die Nacht, wurde eins mit ihr und verschwand.

Gerade als die Sonne ihre ersten Strahlen über die von Tau glitzernden Wiesen legte, war Elena bereit zum Aufbruch. Maro, der die Zügel ihres Pferdes hielt, bis sie im Sattel saß, schaute zwar recht unglücklich, sagte jedoch nichts.

„Ich werde bald zurück sein!"

Elena stieß dem Pferd die Fersen in die Flanken und galoppierte los.

Den ganzen Tag folgte sie dem Lauf der Sonne, bis sie zu einer weiten Ebene mit sanften Hügeln kam. Das

Flimmern heißer Luft wogte über dem Meer aus Gras, bis hin zum Horizont. Elena stieg vom Pferd. Erst in der Nacht, war ihr gesagt worden, dürfte sie hinausreiten in diese Endlosigkeit.

Weiches Mondlicht legte sich über die Welt. Die Sterne funkelten seltsam weit und hoch über Elena und nichts war zu hören, außer dem leisen, dumpfen Gepolter der Pferdehufe. Schweißflocken zerstoben am Maul des Pferdes, denn Elena trieb es an, wie nie zuvor. Noch ehe die Sonne aufgegangen war, musste sie ihr Ziel erreicht haben. Stunde um Stunde hetzte Elena durch die Nacht, ein dunkelglänzender Schatten, verwachsen mit dem galoppierenden Pferd.

Der Mond zog unerbittlich seine Bahn am Firmament, und schon begannen die kleinen Lichtfunken der Sterne zu verblassen, als Elena endlich die Ebene hinter sich gelassen und an dem dunklen See angekommen war, von welchem die Stimme ihres Herzens gesprochen hatte. Schwarz und still lag er vor Elena. Kein Windhauch kräuselte das Wasser, kein Vogel flog darüber, keiner der Bäume am Ufer spiegelte sich darin.

Elena stieg vom Pferd, nahm den großen Bogen und einen jener Pfeile, die Maro immer zur Jagd benutzt hatte. Obwohl ihr das Wasser unheimlich war, stieg Elena ohne zu zögern hinein. Ein letztes Mal holte sie tief Luft, dann tauchte sie unter. Als sie felsigen Grund spürte, wusste sie, dass sie kurz vor dem Ziel war. Sie ertastete eine schmale Öffnung in den Felsen und zwängte sich hindurch. Prustend tauchte Elena in einem engen Höhlengang auf und sog dankbar die stickige Luft ein.

Eine schmale Tür versperrte ihr den Weg. Sie war mit Ornamenten und Schriftzeichen bedeckt, die Elena sofort wiedererkannte. Entschlossen drehte sie an dem goldglänzenden Knauf. Mit einem seufzenden Geräusch öffnete sich die Tür. Helles Licht blendete Elena. Als sie sich daran gewöhnt hatte, sah sie sich neugierig um. Vor ihr lag ein ausgedehnter Garten. Die schmalen Wege waren mit kleinen, hellen Steinchen bestreut, die unter den vorsichtigen Schritten Elenas knirschten. Sie bewunderte Blumen, Büsche, Sträucher und Bäume, die sie noch niemals in ihrem Leben gesehen hatte. Und doch, eine seltsame, nicht greifbare Düsternis lastete wie ein schmutzignasses Tuch über diesem Garten. Aufmerksam musterte Elena einen Rosenstrauch. Erst als sie näherging, entdeckte sie daran ein gräuliches Geflecht, welches winzige, farblose Blüten trieb. Suchend schaute Elena sich um. Überall sah sie nun den wuchernden Schmarotzer an den Pflanzen.

Ein gleichförmiges Hämmern ließ Elena aufhorchen. Vorsichtig schlich sie weiter. Geduckt, hinter dichten Büschen sah sie schon bald ein ausgedehntes Geröllfeld vor sich. Zahllose große und kleine Steinbrocken, kantige und geglättete, schroffe und runde lagen hier aufeinandergetürmt. Und mittendrin, Elena stockte der Atem, saß die alte Hexe. Mit einem spitzen Hammer zertrümmerte sie Steinbrocken, nahm etwas aus dem Innern der aufgebrochenen Steine und warf dies achtlos in einen verblichenen Sack. Es war alles, wie es die weise Frau erzählt hatte.

Endlich schnürte die Hexe den Sack, schulterte ihn und verschwand zwischen den Bäumen und Sträuchern.

Vorsichtig ging Elena auf das Geröllfeld. Dort nahm sie den Bogen von der Schulter und legte den farbenfroh gefiederten Pfeil auf die Sehne.

„Möge die Kraft Maros noch darin leben", sprach sie, als sie den Bogen spannte. Zischend jagte der Pfeil von der sirrenden Sehne. Elena hatte Mühe, ihm mit den Augen zu folgen. Mit einem leisen, fast sehnsüchtigen Pfeifen kehrte er aus dem hellglänzenden Himmel zurück. Atemlos beobachtete Elena ihn. Er schien zu rucken in seinem Flug, so, als suche er und habe noch nicht gefunden. Doch dann schlug seine gehärtete Spitze funkensprühend auf einen kantigen Stein.

Elena rannte hin. Die in mühevoller Arbeit gefertigte Spitze war abgebrochen. Ein kleines Stück jedoch steckte im Stein, und feine Risse zeigten, wie groß die Wucht des Pfeiles gewesen sein musste. Vorsichtig, als würde sie etwas sehr Zerbrechliches aufnehmen, griff Elena nach dem Stein, nahm ihn auf und lief langsam durch den Garten. Sie achtete nicht auf den Weg, sondern nur auf den Stein in ihren Händen.

Endlich war sich Elena sicher: Irgendwo hier, ganz in der Nähe, musste der Platz sein, wo er hingehörte. Suchend sah sie sich um und plötzlich erfüllte eine wohlige, fast in Vergessenheit geratene Vertrautheit ihr Herz. Verwundert ging Elena zu einem knorrigen Olivenbaum. Seine Äste waren gekrümmt und gebogen. Die Blätter, die wohl einst grün und silberhell geglänzt hatten, wenn Wind und Licht mit ihnen spielten, waren zusammengerollt, und an den Spitzen zeigten sich erste gelbe Verfärbungen. Die Lebenskräfte des Baumes, flossen nicht mehr ungehindert im Stamm, in den Ästen, Zweigen und Blättern. Es war das gräuliche Geflecht mit den farblosen Blüten, das dem Olivenbaum die Lebenskraft entzog. Der Stein in Elenas Händen schien glühen zu wollen, so heiß war er geworden. Sie kniete nieder und bettete den Stein behutsam neben den Olivenbaum.

Mit einem trockenen Knacken brach der Stein auseinander, und eine kleine Raupe kringelte sich heraus.

Zielsicher krabbelte sie los und begann an der gräulichen Pflanze zu fressen, die am Stamm des Olivenbaumes wucherte. Noch nie hatte Elena eine solch gefräßige Raupe gesehen. Das kleine schwarzbepelzte Tier schob sich höher und höher den Stamm hinauf. Keine der dünnen und doch so starken Triebe der gräulichen Pflanze wurde verschont. Und die kleinen, farblosen Blüten schmeckten der Raupe offensichtlich besonders gut. Wieder verspürte Elena eine eigenartige Vertrautheit zu diesem Baum.

Die Raupe war inzwischen an der Spitze des Olivenbaumes angekommen. Zwischen zwei zarten Knospen suchte sie sich einen sicheren Halt und begann dann, hauchdünne Seidenfäden zu spinnen.

Eine kalte Stimme riss Elena aus ihrem Staunen: „Was hast du hier zu suchen?"

Elena zuckte zusammen. Ihr gegenüber stand die alte Hexe und sah sie hasserfüllt an.

„Ich ...", stotterte Elena.

Grob schob die Hexe sie zur Seite und betrachtete prüfend den Olivenbaum. „Du hast das Efeu zerstört und die Blüten vernichtet. Das sollst du mir büßen!" Wütend wollte sie nach Elena greifen, doch diese sprang zurück.

„Du glaubst wohl, damit hättest du die Zauberkraft des Liebestrankes gebrochen", geiferte die Hexe weiter. „Doch du unterschätzt meine Macht. Mein Efeu wird den Baum hier wieder überwuchern und Blüten treiben wie zuvor!"

„Nicht bei diesem Baum", widersprach Elena. „Du bist zu spät gekommen. Schau!" Sie deutete mit der Hand auf den Seidenkokon der Raupe.

Die alte Hexe wurde weiß vor Wut und Entsetzen. „Das darf nicht sein!" schrie sie verzweifelt. „Du hast den Stein gefunden und geöffnet! Aber das ist nicht möglich. Welcher Zauber hat dir dabei geholfen?"

„Einer, gegen den du machtlos bist", erwiderte Elena ruhig. „Der Zauber von Liebe, Mut und Vertrauen!"

Ein feines Knistern drang vom Olivenbaum zu den beiden herunter. Der Kokon bewegte sich, als ob ein sachter Wind ihn schaukeln würde. Dann brach er auf. Vorsichtig und langsam schlüpfte ein farbenfroher Schmetterling daraus hervor. Zitternd faltete er, ein ums andere Mal, seine noch feuchten Flügel auseinander.

Aschfahl war die alte Hexe geworden, als sie dies sah. Kraftlos fuhr ihre Hand durch die Luft, während sie leise magische Sprüche vor sich hinmurmelte. Doch den Schmetterling schien dies nicht zu kümmern. Leuchtend bunt breitete er seine Flügel auseinander, warf sich in den Wind und flog schaukelnd davon. Mit einem verzweifelten Aufschrei rannte ihm die Hexe hinterher und versuchte ihm zu folgen. Elena lächelte. Sie wusste, die Hexe würde den Schmetterling nicht fangen können.

•

Fortwährend überlegte Elena, wie es Maro in den vergangenen Tagen ergangen war, und wie er sie wohl empfangen würde. Sie war sich zwar sicher, dass die magische Kraft des Liebetrankes nun gebrochen war; doch was würde Maro zu ihr sagen? Würde er sie trotzdem noch lieben? Würde er ihr vergeben?

Ihre Gefühle schwankten heftig zwischen freudiger Erwartung und Unsicherheit, als sie endlich zu Hause angekommen war. Zögernd öffnete sie die Tür ihres Hauses.

„Maro", rief sie dann laut. „Maro, ich bin wieder zurück." Doch ihr Mann antwortete nicht. Offensichtlich war er nicht hier. Auch auf der Koppel konnte Elena ihn nicht finden.

Enttäuscht setzte sie sich an den Küchentisch und vergrub ihr Gesicht in den Händen. Sollte alles umsonst gewesen sein?

Erst als keine Tränen mehr fließen wollten, und sie sich die Wangen abgewischt hatte, sah sie den kleinen Zettel, der unter einem leeren Weinkrug auf dem Tisch lag.

Es war eine Botschaft von Maro.

„Liebste", las Elena mit leuchtenden Augen, „gestern habe ich meinen neuen Bogen und die Pfeile fertiggestellt. Wenn du bei mir sein willst, komm zu jener kleinen Schutzhütte im Gebirge. Wer weiß, vielleicht habe ich, bis du kommst, schon einen Berglöwen erlegt. Ich glaube, es ist an der Zeit, dass ich mir neue Kleidung machen lasse."

Früh am nächsten Morgen sattelte Elena ihr Pferd und ritt dorthin, wo sie Maro treffen konnte.

Doch dies ist eine andere Geschichte, und sie soll ein andermal erzählt werden.

DAS ERBE DES GROßEN KRIEGERS

Es war einmal ein großer Krieger. Der hatte Zeit seines Lebens seine Kraft verkauft an Könige, Fürsten, Herzöge und andere Heilbringer, solange sie nur gut genug dafür bezahlten und er deren Sache für Rechtens hielt.

Unbezwingbar war er gewesen im Kampf, denn seine Waffen besaßen Zauberkraft. Das Schwert, das er führte, durchschnitt selbst Stein, und niemals wurde es müde in seiner Hand. Seine Streitaxt fraß sich wie von selbst durch einen Kampf, nichts konnte sie aufhalten. Und sein Speer traf sein Ziel, auch wenn dieses so weit entfernt war, dass es das Auge nicht mehr schauen konnte.

Drei Söhne hatte er, und diese strebten danach, zu werden wie ihr Vater: große, unbezwingbare Krieger mit Waffen voller Zauberkraft.

Eines Tages hatte der große Krieger das Kriegen satt. Von seinen Reichtümern kaufte er sich einen Hof und drei große Weinberge. Und diese bewirtschaftete er, solange es ihm Freude bereitete.

An einem lauen Winterabend sah er die Abendsonne hinter den Weinbergen versinken und rief seine Söhne zu sich.

„Nun werde ich dorthin gehen, wo ich noch nie war", sprach er. „Dieses letzte Abenteuer wird mein größtes sein, und ich muss es ganz allein bestehen. Euch aber will ich sagen, was euer Erbe sein soll."

Da bekam jeder der Brüder einen der Weinberge. In jedem aber, so sagte ihnen ihr Vater, habe er eine seiner magischen Waffen vergraben, um sie vor Dieben zu schützen. Noch bevor er mehr sagen konnte, schloss der große Krieger die Augen und ritt lächelnd dorthin, wo seine Sonne untergegangen war.

Seine Söhne trauerten und trugen ihn zu Grabe, wie es der alte Brauch bestimmte.

Schon am nächsten Tag aber nahmen sie Spaten, und ein jeder begann in seinem Weinberg zu graben. Schwer war diese Arbeit, denn in der Erde steckte noch der Winter. Die Aussicht aber, eine der magischen Waffen des Vaters zu finden und damit ein großer Krieger zu werden, trieb die Brüder an. Keiner von ihnen fand jedoch, nach was er gesucht hatte.

Da saßen sie enttäuscht zusammen und klagten sich ihr Leid.

Die Rebstöcke allerdings freuten sich, denn der Boden war hart gefroren gewesen und hatte ihre Wurzeln schmerzhaft eingeengt. Nun konnten sie wieder atmen und die Kraft der Erde nutzen.

Inzwischen war es Frühling geworden. Erste zarte Triebe keimten aus den Reben. Da dachten sich die Brüder: „Nun ist die Erde aufgetaut. Wir wollen nochmals versuchen zu finden, was unser Vater vergraben hat."

So zogen sie wieder hinaus mit Spaten und Schaufeln und gruben die Weinberge um. Die Reben dankten es ihnen und wuchsen wie nie zuvor.

Erschöpft und enttäuscht saßen die Brüder zusammen, als sie nach Wochen angestrengter Arbeit wieder nichts gefunden hatten in den Weinbergen. Als sie aber sahen, wie prächtig ihre Reben gediehen, lachten sie, aßen und tranken zusammen und ließen sich das Leben gefallen.

Der Sommer kam, und die Erde barst trocken auf unter heißer Sonne. Da sprachen die Brüder zueinander: „Lasst uns noch einmal versuchen, das Erbe unseres Vaters zu finden. Wer weiß, vielleicht haben wir noch nicht tief genug gegraben."

Sie nahmen Schaufel, Spaten und Piken, gingen in ihre Weinberge, gruben tief und schwitzten sehr. Doch wieder war die Suche nach den magischen Waffen umsonst.

Die Rebstöcke jedoch wuchsen und gediehen, dass es eine Freude war.

Dann kam der Herbst. Prallvoll und süß hingen die Trauben in den Weinbergen der Brüder. Was war das für ein Wein, den sie daraus kelterten. Keiner im ganzen Land kam ihm gleich.

Das hörte auch der König. Er ließ nach den Brüdern schicken und sprach zu ihnen: „Wir hörten, Eure Weinberge seien die besten des Landes. Wir wünschen sie zu kaufen, denn Wir mögen guten Wein. Lasst Euch vom Schatzmeister auszahlen."

Da sahen sich die Brüder an und antworteten: „Den Wein verkaufen wir Euch gerne, Hoheit. Die Weinberge jedoch sind das Erbe unseres Vaters. Wir können sie nicht verkaufen."

Da wurde der König zornig, ließ sie in Ketten legen und bei Wasser und Brot in den Kerker werfen. Doch die Brüder beriefen sich auf die Rechte, welche in einem alten Gesetz niedergeschrieben waren. Denen musste sich auch der König, zwar murrend, aber dennoch beugen.

Doch er dachte sich: „Ich werde mir den Wein recht billig kaufen, denn die Brüder werden froh sein, wenn ich ihre Ketten löse." Er nannte ihnen den Preis, welchen er bezahlen wollte.

Die Brüder aber schüttelten die Köpfe und antworteten: „Wasser und Brot und deine Ketten ertragen wir lieber, als dass wir unseren Wein zu diesem Preis verkaufen."

Da gab der König nach, denn einen Wein wie diesen hatte er noch nicht gekostet. Er kaufte den Brüdern alle Fässer ab und zahlte einen guten Preis.

Der Winter zog ins Land und vertrieb den Herbst mit kalter Faust. Die drei Brüder saßen zusammen und sprachen: „Ein Jahr ist vergangen, in welchem wir nach dem Erbe unseres Vaters in den Weinbergen gruben. Wir haben nicht gefunden, nach was wir suchten. Doch haben wir verstanden, welches Erbe wir erhalten haben. Lasst uns zu seiner Ruhestätte gehen, Zwiesprache mit ihm halten und ihm dafür danken."

So gingen sie zu dem Grab ihres Vaters. Zu ihrem Erstaunen war der Hügel darüber eingestürzt, obwohl sie ihn doch mit großer Sorgfalt errichtet hatten. Als die Brüder sich daranmachten, ihn wieder aufzuschichten, glänzte Metall zwischen den dunklen Erdschollen.

Der Älteste grub mit bloßen Händen und hatte bald einen meisterhaft gearbeiteten Pflug aus der Erde gezogen. An der Pflugschar aber sahen die Brüder die Zeichen, welche sie einst auf dem Schwert ihres Vaters bewundert hatten. Da grub auch der jüngere Bruder in der lockeren Erde des eingestürzten Hügels. Er fand einen starken Schmiedehammer. Darauf war gerade jenes Muster, welches die Streitaxt ihres Vaters geschmückt hatte.

Nun schob der jüngste Sohn die Erde zur Seite, und auch er brauchte nicht lange zu suchen. Eine kunstvoll gearbeitete Feder zog er aus der Erde. Sorgsam säuberte er sie. Die Ornamente an ihr waren dieselben, welche einst dem Speer des Vaters Zauberkraft verliehen hatten.

Die Brüder schichteten den Hügel wieder über das Grab und dankten für das, was ihnen gegeben worden war. Einst hatten die Waffen ihres Vaters mächtige Kämpfe bestanden. Nun nutzten sie den Brüdern bei ihrer Arbeit Tag für Tag. Niemand im ganzen Land konnte solch prächtige Weinberge sein eigen nennen. Und die Weine der drei Brüder wurden gerühmt, Jahr für Jahr aufs Neue.

DER SCHATTEN DES DICKEN KÖNIGS

Es war einmal eine Stadt. Die hatte zwar noch keine lange, stolze Geschichte, aus der sie hätte lernen und Erfahrungen schöpfen können, dafür aber einen großen dicken König, der gerne aß und trank und sich mit anderen dicken Männern umgab.

„Männer von Gewicht benötigt meine Stadt mehr als alles andere", pflegte er zu sagen, „denn nur diese werden von den Fährnissen des Lebens nicht aus der Bahn gebracht und von den Stürmen der Welt nicht umgeworfen!"

Wer von seinen Ratgebern dachte, er sei noch nicht gewichtig genug, das Hemd nicht prall gespannt über dem Wanst, die Hosen nicht zum Platzen ausgefüllt, der versteckte sich bei solchen Worten schnell hinter den Männern mit dem rechten Gewicht.

So polternd fröhlich sich der Dicke König aber oft gab, so unglücklich war er im geheimen, wenn er ganz alleine war. Dann zog er undurchdringliche Stoffe vor die Fenster, sperrte alles Licht aus, löschte die Kerzen, Lampen, Fackeln in seinen königlichen Gemächern. Denn nichts auf dieser Welt ängstigte den großen Dicken König mehr als sein eigener Schatten. Wie oft schon hatte er versucht, diesen mit dem Mantel der Geschichte, der ihm selbst immer noch nicht so recht passte, obwohl seine Hofschreiber schon jahrelang daran woben und wirkten, zu verdecken. Allein, der Schatten des Dicken Königs ließ sich in diesem Mantel, der ansonsten wundersam und nützlich alles Unliebsame verhüllte, nicht unterbringen. Da wurde der Dicke König zunächst sehr unglücklich, sodann aber furchtbar zornig.

„Dünnbrettsitzer und Läusegewichte", beschimpfte er seine Ratgeber. Das waren zu der damaligen Zeit die schlimmsten Schimpfworte im ganzen Reich. „Nimmer kann die Stadt, die mir Anvertrauten und ich glücklich sein und werden, essen, trinken, Bölkquark reden, solange mir dieser unförmige Kloß von Schatten anhängt und mich immer und überallhin verfolgt und bedrängt! Ich werde euch alle auf Nulldiät setzen, bis ihr eine Lösung für dieses Problem gefunden habt!"

Da stöhnten die Ratgeber angstvoll auf, hielten sich den Wanst, als spürten sie darin schon das grimmige Knurren entsagungsreicher Leere, und zermarterten sich die Köpfe, bis ihnen der Schweiß über die Stirn perlte und die Mundwinkel kantig wurden vom angestrengten Denken. Schließlich hatte ein findiges Fliegengewicht unter den Ratgebern eine Idee. Er ließ den Hofmagier kommen, eine finstere Gestalt mit buschigen Augenbrauen. Sein schwarzer Umhang war mit geheimnisvollen Ornamenten und Mustern bestickt. Als dieser hörte, über was die Ratgeber des Dicken Königs brüteten, lachte er. „Einen Schatten verschwinden lassen?" Der Magier warf sich in die Brust. „Nichts leichter als das! Hier, schaut dieses Messer. Ich habe es einstmals einer gutgläubigen Fee abgeschwatzt. Wenn ich damit einen magischen Kreis um ein Lebewesen ziehe, wird ihm niemals mehr ein Schatten anhaften können."

Schon früh am nächsten Morgen überbrachten die Ratgeber, deren Magensäfte in Erwartung des üppigen Mahles, das ihrer jetzt hoffentlich harrte, troffen wie undichte Regenrinnen, dem Dicken König die frohe Nachricht. Dieser ließ eilends nach dem Hofmagier schicken, und jener schnitt ihm mit dem Feenmesser den Schatten, mir nichts dir nichts, einfach ab.

Wie freute sich da der Dicke König, als er einige vorsichtige Schritte wagte, um zu sehen, ob ihm sein Schatten noch folgte. Doch der blieb auf dem Boden liegen, wie ein achtlos weggeworfenes, dunkles Tuch. „Schafft dieses Ding hier fort!" Angeekelt schnipste er wurstfingernd. Dann befahl er, alle Vorhänge an den Fenstern zu entfernen.

Fortan warf der Dicke König keinerlei Schatten mehr, wohin er auch ging, wo er auch stand, saß oder lag. So lebte er einige Zeit fröhlich und vergnügt, bis ihm eines Tages auffiel, dass seine Ratgeber und alle Bediensteten des Hofes Schatten warfen. Noch in der selben Stunde erließ er ein Gesetz, wonach es bei Todesstrafe untersagt war, in seiner Gegenwart mit einem Schatten behaftet zu sein.

Da bekam der Hofmagier Rückenschmerzen, denn den lieben langen Tag hatte er jetzt damit zu tun, allen Ratgebern und Redeschreibern des Dicken Königs, den Lakaien und Lackaffen, den Zofen und Zauberkünstlern, den Wasserträgern und Weißwäscherinnen, den Köchen und Kaplanen, Hofdichtern und Haushunden, Geschichtsschreibern und Gauklern, Matronen und Mätressen die Schatten abzuschneiden.

Da war's der Dicke König zufrieden. Zumindest für eine kurze Zeit, bis er bei einer seiner seltenen Ausfahrten durch die Stadt in tiefen Schrecken verfiel, als er die vielen Schatten sah, die seinen Untertanen anhafteten. Noch in der selben Stunde verkündete der Dicke König ein Gesetz, nach dem sich alle Menschen in seiner Stadt ihre Schatten abschneiden zu lassen hatten. Mit dem Tode sollten diejenigen bestraft werden, welche dem Gesetz nicht unverzüglich nachkamen.

Was war das für ein Festen im Schloss des Dicken Königs und auch in der Stadt, denn vielen Menschen gefiel, dass sie nun mit einem Mal keinen Schatten mehr hatten, der sie bedrohlich dunkel verfolgte oder gar manchmal ihrem geschäftigen Gang in der Welt voraushuschte, als würden sie selbst hinter ihm hertaumeln müssen, ohne ihn jemals wirklich fassen zu können. Wie wurde da gegessen, getrunken und Bölkquark geredet, bis alle unter die Tische gefallen waren. Und dort dann beschlossen der Dicke König und seine Ratgeber, dass ihnen eine heilige Aufgabe übertragen worden sei. Sie überzeugten sich selbst davon, dass sie nun auch die übrige Welt von den unheimlichen und lästigen Schatten zu befreien hätten. Und so geschah es.

Der Dicke König ließ Heere aufstellen und kaufte sich Söldner, schickte sie in die umliegenden Städte und Reiche, diese von ihren Schatten zu befreien, sie zu befrieden und zu beglücken, mit dem Segen eines schattenlosen Lebens.

Die Stadt des Dicken Königs blutete unter der Last dieser Feldzüge. Doch die Menschen murrten nicht. Als ob sie keine Kraft zum Widerspruch mehr hätten, trugen sie die Bürde der Kriege. Schweigend, ausgezehrt, gebückt und in der Seele krank.

•

Einige wenige jedoch dachten nicht daran, dem Gesetz des Dicken Königs Folge zu leisten: diejenigen, die noch darum wussten, was hinter dem eifrigen Weben und Wirken der Hofschreiber und Ratgeber verborgen lag; jene, welche dem Dicken König, all seinen Gesetzen und Verordnungen schon immer misstraut und heimlich gesagt und gedacht hatten, dass das Gewicht des Königs für sie nicht der Maßstab aller Dinge sein konnte - und alle Märchenerzähler. Denn wirkliche Märchen finden sich nur an jener Grenze, wo die Schatten lebendig sind, jener dünnen Linie, wo sich Tag und Nacht berühren,

Himmel und Erde, Feuer und Eis, Wirklichkeit und Traum.

Sie alle mussten sich verbergen oder fliehen, denn der Dicke König ließ sie verfolgen. Bekam er doch schon bei dem Gedanken, irgendjemand in seiner Stadt könnte noch einen Schatten haben, eine Gänsehaut und Schluckauf.

•

In den Wäldern ohne Wiederkehr lebten zu jener Zeit nur Räuber und anderes lichtscheues Gesindel, aber auch Kobolde, Steinwichte, Elfen, silberschuppige Schlangen, zauberkundige Zwerge und, so wurde gemunkelt, sogar ein Einhorn.

Gerade dorthin aber war ein Mädchen geflüchtet, das gerne Märchenerzählerin geworden wäre in der Stadt des Dicken Königs. Unter einer alten Buche, dicht an einem moosgrünen See, fand sie ein Zuhause. Es dauerte nicht lange und die kleine Hütte wurde zu einem verschwiegenen und friedlichen Treffpunkt für die verschiedensten Bewohner des Waldes. Hier fanden alle Ruhe, bekamen ein einfaches Mahl und wurden oftmals auch von Wunden geheilt, die sie sich im Kampf, im Streit oder bei der Jagd zugezogen hatten. Denn das Mädchen wusste um das verborgene Wissen des Heilens mit ganz gewöhnlichen Kräutern, seltenen Beeren, verborgenen Wurzeln und edlen Steinen.

Im Laufe der Zeit jedoch geschah Seltsames in den Wäldern ohne Wiederkehr. Immer wieder berichteten Elfen oder Kobolde, Gnome, Zwerge und andere von unheimlichen Wesen, welche im Wald gesehen würden. Dunkle Schattengestalten, die vom Morgengrauen bis in die Nacht heulten und jammerten, dass es nicht zum Aushalten sei, und alle das Weite suchten, wo immer diese Wesen auch auftauchten.

Das Mädchen wusste guten Rat. „Sagt den Schattengestalten, sie sollen hierher kommen. Ich werde ihnen eine Heimstatt geben."

Schon nach wenigen Tagen bemerkte das Mädchen, wie einige düstere Schatten um ihr Häuschen schlichen und dabei schaurige Klagelieder stöhnten, die in den Ohren schmerzten. Weit öffnete das Mädchen ihre Fenster und auch die Tür. Dann nahm es eine selbstgeschnitzte Weidenflöte und spielte darauf eine glockenhelle Melodie, die sich über ihre Hütte schwang, die Stämme der Bäume umschmeichelte, über Gestrüpp und Blumen strich und in ihrer bittersüßen Wehmut keinen Platz für andere Lieder ließ.

Nach und nach erstarb das Wehgeschrei der Schattengestalten. Stumm drückten sie sich in die kleine Hütte der Märchenerzählerin und lauschten, selbstvergessen träumend, von besseren Zeiten. Elend sahen sie aus, zerknautscht und zerknittert, gedemütigt, geschlagen und getreten, verflucht, verfolgt und verbannt. Mehr und mehr davon fanden den Weg zu dem Mädchen in den folgenden Tagen. Und als der Mond sich wieder gerundet hatte, waren schließlich alle Schatten der Stadt bei der kleinen Hütte am See versammelt.

Kümmerlich vegetierten viele von ihnen dahin. Wer weiss, was geschehen wäre, wenn sie nicht ein wenig Trost und Hoffnung bei dem Mädchen gefunden hätten. Denn verstoßene Schatten verkümmern, werden klein und gemein. Dann gebären sie Alpträume, eitrigen Beulen gleich bersten sie auf und werfen den Keim des Bösen auf alle und alles, was sie erreichen können.

Eines Tages nun geschah es, dass das Mädchen dem

Schatten des Dicken Königs begegnete. Fast hätte sie ihn nicht gesehen, so klein und verschrumpelt stand er vor ihr. Nicht größer als eine halbe Elle hoch und gerade so breit.

„Du schaust aber finster in den Tag", begrüßte sie ihn.

„Bleib mir vom Leib!" fauchte der, duckte sich noch ein wenig mehr und bleckte dabei seine grauen Schattenzähne.

„Weshalb bist du so klein?" wollte das Mädchen wissen und setzte sich neben den Schrumpelschatten auf den Boden.

„Was glaubst du wohl, wie groß du gewachsen wärest, wenn dir ständig auf dem Kopf herumgetrampelt wird?" Herausfordernd reckte der kleine dicke Schatten des großen Dicken Königs sein Kinn in die Höhe und stellte sich, die Fäuste geballt, auf die Zehenspitzen.

Da entschuldigte sich das Mädchen für ihre Frage, denn sie hatte ihn nicht kränken wollen. Sie erzählte ihm ein Märchen von bösen Riesen und listigen Gnomen, von feuerspeienden Drachen und zauberkundigen Zwergen. Da lachte der kleine dicke Schatten des großen Dicken Königs, denn er mochte Geschichten, in denen Riesen mit List und Tücke in all ihre kleinsten Teile zerlegt und Drachen ohne viel Federlesens der Garaus gemacht wurde. Und so wie dem kleinen Schatten des Dicken Königs, erging es zuerst vielen, dann allen Schattengestalten des Reiches. Sie blieben bei dem Mädchen, und wenn sie zu verkümmern drohten, ließen sie sich ein Märchen erzählen, von der bedrohlichen Macht der Riesen, dem feuerspeienden Schrecken der Drachen und den listenreichen Einfällen der Zwerge, welche den scheinbar ungleichen Kampf immer wieder für sich entscheiden konnten.

Den Menschen im Reich des Dicken Königs jedoch verstrichen die Tage seltsam eintönig und trostlos. Kein Wunder, waren ihre Nächte doch vollkommen leblos geworden. Seit die Schatten abgeschnitten waren, sanken die Menschen, sobald die Sonne hinter dem Horizont verschwunden war, unsagbar müde auf ihre Lager. Toten gleich, ganz ohne Träume, verbrachten sie die Nacht. Wenn sie dann am Morgen erwachten, fühlten sie sich gerädert, zerrissen und geviertelt, noch bevor sie ihr Tagwerk begannen. Sie schoben das Elend ihrer Wirklichkeit auf die große Not in der Stadt, die durch die Kriege des Dicken Königs verursacht worden war. Doch ganz tief in ihrem Innern ahnten sie, dass es für ihr Leid noch einen anderen Grund geben musste.

Wie immer bemerkten die Menschen am Hofe und der Dicke König selbst davon erst, als die Generäle berichteten, es gäbe keine Ernte mehr auf den Feldern und dass die Soldaten zum Dienst gepresst werden müssten und nicht mehr kämpfen wollten für die heilige Aufgabe.

Das gab den Ratgebern und dem Dicken König doch zu denken. Nicht auszudenken, was geschehen würde, wenn die Horden aus den eroberten Gebieten, an welchen zumeist noch Schatten hafteten, die Stadt überfallen würden. Der König würde eine Gänsehaut bekommen und Schluckauf, vielleicht auch Darmgrimmen und Durchfall, bestimmt aber einen fürchterlichen Schrecken.

Doch so sehr sich die Ratgeber auch mühten, sie alle hatten viel zu lange nur Bölkquark geredet, und so schwatzten sie aneinander vorbei, dass es eine helle Freude war. Keiner hörte dem anderen zu, alle sprachen durcheinander und zugleich und wollten gar nicht mehr aufhören damit.

In der neueren heilkundlichen Lehre wird diese Krankheit treffend auch als Sprechdurchfall bezeichnet.

So würden sie wohl auch noch heute dastehen und in der Flut ihrer sinnlosen Worte und Sätze ertrinken. Doch der Abend brach an, und mit ihm kam jene eigenartige leere Müdigkeit über sie. Und so eilten sie alle, so schnell als möglich, ihr Lager aufzusuchen.

Weder der Dicke König noch seine Ratgeber oder gar das übrige Volk wussten von der Gefahr, die ihnen drohte.

Schon lange nämlich hatten die Riesen, die hinter den Wäldern ohne Wiederkehr hausen, und die Drachen aus dem Drachengebirge auf eine Gelegenheit gewartet, die Stadt und das Königreich zu zerstören und alle Menschen zu vernichten. Heimlich hatten sie sich verabredet, nachdem ihre Späher von der eigentümlichen Stille berichteten, die sich seit einiger Zeit Nacht für Nacht über die Stadt des Dicken Königs legte. Nun war ihre Stunde gekommen. In dieser Nacht endlich wollten sie angreifen und die Stadt vernichten mit allen, die darin waren und ihren totengleichen Schlaf schliefen.

•

Wie an jedem Abend versammelten sich die Schatten auch heute wieder in einem lockeren Rund um das Feuer vor der Hütte am See.

„Die Stunde ist gekommen", sprach das Mädchen ernst. „Heute Nacht müsst ihr zurück zu denen, die euch geboren haben. Heute Nacht müsst ihr sie retten und mit ihnen die ganze Stadt!"

Das war mit einem Mal ein großes Durcheinander. „Wieso? Warum? Was ist geschehen?" fragten alle aufgeregt. Der Lärm wich schnell erwartungsvoller, angespannter Stille. Das Mädchen erzählte den Schatten, was in dieser Nacht mit der Stadt und all ihren Bewohnern geschehen sollte.

„Und aus welchem Grunde sollten wir uns einmischen? Sollen die Riesen und Drachen die Stadt doch dem Erdboden gleichmachen! Ich jedenfalls denke nicht daran, mich wieder an diesen widerlichen dicken König zu hängen! Ich bin froh, dass ich ihn los bin! Es geschieht ihm wohl recht. Er soll nur sehen, wohin er ohne mich kommt!" Aufgeregt wippte der kleine dicke Schatten des großen Dicken Königs von den Zehenspitzen auf die Fersen und wieder zurück.

„Tu lieber, was sie sagt", meldete sich da ein anderer Schatten zu Wort. „Wenn die Stadt und ihre Bewohner vernichtet werden, wird es auch uns nicht mehr geben. Glaub ihr und mir, ich weiß, wovon ich rede. Bevor er auch mich abtrennen musste, war ich der Schatten des Hofmagiers."

Da gab es keinen Widerspruch mehr, und eilends machten sich die Schatten mit dem Mädchen auf, in die Stadt des Dicken Königs zurückzukehren.

Gerade noch rechtzeitig trafen sie dort ein. Schon war von fern das mächtige Brausen der Drachenschwingen zu hören, und die Erde erbebte unter den polternden Schritten der heranmarschierenden Riesen. Die Schatten entzündeten alle Fackeln, Kerzen und Lampen, die sie finden konnten, und kehrten zu denen zurück, die sie dereinst abschneiden ließen, um sie aufzuwecken.

Die ersten Riesen kletterten über die Stadtmauer und polterten vandalierend durch die Gassen und über die Plätze. Doch wie hatten sich die Riesentölpel getäuscht. Sie hatten gedacht, in tiefem Schlaf gefangene Menschen, mir nichts dir nichts, niedermetzeln zu können.

Doch alle, alle in der Stadt des Dicken Königs waren wach und munter und begannen plötzlich Dinge zu tun, die sie am hellichten Tage nie und nimmer getan hätten. Auf den Plätzen trafen sie sich, um zu musizieren. Jeder brachte sein Instrument mit, und ganz ohne Dirigent - oder war da irgendwo die nebelhafte Hand eines Schattens gewesen? - ertönte eine vielstimmige Melodie, deren Harmonie manch kleine Dissonanz übertönte. Und zu dieser Musik sangen andere, die niemals in ihrem Leben zuvor ein Lied über ihre Lippen gebracht hatten, und wieder andere tanzten, obwohl sie zuvor jahrzehntelang zu Hexen, Heilern und Zauberkundigen gegangen waren, die es nicht fertiggebracht hatten, ihnen ihre Gliederschmerzen zu nehmen.

Die Riesen hielten wie vom Donner gerührt inne. Sie hassten und fürchteten Musik, Gesang und Tanz wie Wildschweine Badeschaum, und so kam es, dass sich viele Riesen selbst niederrannten, als sie in panischer Flucht versuchten, aus dieser musizierenden, singenden und tanzenden Stadt zu entkommen.

Andere auf den Straßen spitzten Federkiele, die lange stumpf und staubumhüllt vor sich hin gemodert hatten, putzten Pinsel, welche verklebt in der Ecke gestanden waren, tauchten sie in schwarze Tusche oder bunte Farben und spritzten damit umher, dass es eine Freude war. Kein Drache wagte sie anzugreifen oder auch nur in ihre Nähe zu kommen, denn jeder weiß, dass auch nur der kleinste Spritzer Tinte oder Farbe jeden Drachen sofort in die Flucht schlägt.

Wieder andere kämpften mit Dreschflegeln und Mistgabeln, mit Fischspeeren und Steinwürfen, mit kochendem Wasser und versteckt gespannten Stolperseilen. Von dem fröhlichen Kampfesgetümmel wird noch in fernen Generationen erzählt werden, ebenso von dem ausgelassenen Freudenfest, welches in der Stadt gefeiert wurde, bis die Sonne hoch am Himmel stand. Wie gut, dass das Mädchen den Schatten immer wieder Märchen davon erzählt hatte, wie am besten mit Riesen und feuerspeienden Drachen umgegangen werden sollte. Selbst den Dicken König ängstigte nach dieser Nacht sein Schatten kaum noch. Und das, obwohl er, wenn er's recht bedachte, nicht genau wusste, wie es denn wohl zugegangen sei, dass der abgeschnittene Schatten wieder an ihm haftete. Und immer, wenn er ganz allein war und ihn sein Schatten doch einmal wieder ein Klitze-kleineswenigchen ängstigte, erzählte ihm eine sanfte Stimme in seinem Herzen schnell ein Märchen davon, wie man Riesen in ihre allerkleinsten Teile zerlegt und feuerspeienden Drachen ohne viel Federlesens den Garaus macht.

DIE KRONE DER LICHTALBEN

Lang vor unserem Sternenhimmel, lang vor unserer Zeit, lebte eine Prinzessin wohlbehütet auf einem Schloss. Der König und die Königin liebten und umsorgten sie wie ihren Augapfel, denn weitere Kinder waren dem Paar nicht vergönnt gewesen. Als die Prinzessin endgültig ihren Kinderkleidern entwachsen war, bekam sie von ihren Eltern eine goldene Krone geschenkt, mit einem durchscheinend glänzenden Blütenkelch daran.

„Achte darauf, dass deine Krone niemals auf die Erde fällt", sagte der König ernst, als er sie der Prinzessin auf den Kopf setzte, „denn du wirst sie dereinst nochmals benötigen!"

„Sie und dieser Blütenkelch aus reinem Licht wurden von den Lichtalben gefertigt", erklärte die Königin weiter. „Deren Schöpfungen sind so unbeschreiblich kunstvoll und fein, dass sie zerspringen, wann immer sie die Erde berühren."

„Seht zu", befahl das Herrscherpaar den Zofen und Lakaien, „dass unsere Prinzessin sich nur immer vorsichtig und sittsam bewegt, denn sonst könnte ihr wohl noch die Krone vom Kopf fallen!"

So trugen alle am Hofe große Sorge, dass die Prinzessin ihren Kopf immer hoch und gerade trug. Und auch sie selbst sagte oft, vor allem wenn sie auf irgendetwas keine Lust hatte: „Soll mir etwa die Krone vom Kopf fallen?"

Die Krone der Lichtalben war der Prinzessin bald so lieb und teuer, dass sie sie auch zum Schlafen nicht absetzen wollte. Die Zofen mussten ihr daher jeden Abend die Kopfkissen ordentlich hochschütteln und aufeinanderlegen, damit sie aufrecht sitzend die Nacht verbringen konnte. Eine der Zofen hielt neben dem Bett Wache und achtete auf die Krone, falls die Prinzessin sich doch einmal im Schlaf regen sollte.

Da geschah es, dass der König und die Königin starben, in ein und demselben Jahr. Wie trauerte da die Prinzessin, wie trauerte das ganze Volk. Doch nach der vorgeschriebenen Zeit verlangten die Ratgeber und Minister nach einem neuen Regenten. Da die Prinzessin das einzige Kind des Herrscherpaares war, sollte sie Königin werden. Zuvor aber musste sie drei Aufgaben erfüllen. So schrieb es ein Gesetz vor, das älter war als Schloss und Stadt zusammen.

Als die Prinzessin hörte, was sie erfüllen sollte, begann sie zu klagen. Denn die erste Aufgabe verlangte, dass sie durch alle Straßen der Stadt zu laufen habe. Keine einzige durfte dabei vergessen werden. Von den Zofen und Lakaien aber wusste die Prinzessin, dass die Wege durch die Stadt beschwerlich und dunkel waren. Sie selbst war noch nie aus der behüteten Umgebung des Schlosses herausgekommen.

Die zweite Aufgabe dagegen schien ihr leicht. Denn das Gesetz forderte, dass wer immer die Stadt regieren wolle, hinabzusteigen hätte zur Quelle unter dem Schloss, um von dort Wasser zu holen. Doch der Quellstein, aus dem das Wasser sprudelte, barg ein Geheimnis. Nichts, was Menschenhände geformt oder gefertigt hatten, durfte aus ihm schöpfen, sonst würde er auf der Stelle versiegen. Da die Prinzessin jedoch die Krone der Lichtalben auf ihrem Kopf trug, glaubte sie wohl, der zweiten Aufgabe gewachsen zu sein. Denn der Blütenkelch daran war nicht von Menschenhand gefertigt. In ihn würde sie das Wasser füllen können.

Als die Prinzessin jedoch die dritte Aufgabe vernahm, begann sie wieder mit großem Wehklagen. Denn das Wasser aus der Quelle unter dem Schloss musste noch vor Sonnenaufgang, von den Zinnen des Hohen Turmes, in die Richtung der vier Winde über die Stadt gesprengt werden.

Nun wusste die Prinzessin aus vielen Erzählungen ihrer Kindertage um den Zauber, welcher im Hohen Turm wohnte. Dreihundertfünfundsechzig Stufen waren es bis zu den Zinnen. Nicht eine der Stufen war wie die vorhergegangene oder die nachfolgende. Jede war so einzig wie ein Sonnenaufgang oder Sonnenuntergang. Manche der Geschichten erzählten sogar davon, dass sich die Stufen selbst veränderten, je nachdem, wer auf sie trat. Diejenigen, welche jemals bis zur Spitze des Hohen Turmes gekommen und nicht schon lange zuvor wieder umgekehrt waren, erzählten zwar mit funkelnden Augen von ihrem Aufstieg, doch offenbar hatte jeder einzelne von ihnen eine andere Wendeltreppe erklommen, einen anderen Turm bestiegen. So viele unterschiedliche Geschichten waren der Prinzessin in ihren Kindertagen davon erzählt worden.

Lange überlegte die Prinzessin, ob sie es wagen könnte, die drei Aufgaben in einer Nacht zu erfüllen. Doch sie trug die Krone mit dem Blütenkelch der Lichtalben, welche ihr vom König und der Königin auf das Haupt gedrückt worden war. So erklärte sich die Prinzessin bereit, die genannten Bedingungen zu erfüllen, um danach, im Kronsaal des Schlosses, die Schlüssel der Stadt zu erhalten und zu verwahren.

•

Als der letzte Strahl der Abendsonne nicht mehr über den Horizont fingerte, ging die Prinzessin los. Noch konnte sie im Dämmerlicht die gepflasterte Straße gut erkennen, und sie eilte sich, denn sie wusste, ihr Weg war weit. Doch immer wenn sie schneller ging, fing die Krone auf ihrem Kopf bedenklich an zu wackeln, so dass sie Angst bekam, sie könne herabfallen auf die Erde. So musste sie langsam gehen und hatte Zeit genug, sich alles anzuschauen.

Inzwischen war es dunkel geworden, und der Weg der Prinzessin führte weg von den gepflasterten Straßen und festgemauerten Häusern, geradewegs hinein in die dunklen Viertel der Stadt. Nur in wenigen Hütten flackerte spärlich trübes Licht. In den Winkeln und engen Gassen drückten sich Gestalten herum, die der Prinzessin unheimlich waren. Einige kamen näher, liefen neben ihr, schauten sie an und tuschelten dann miteinander. In ihre ausgemergelten Gesichter hatten Not und Elend kantige Spuren gekerbt. Die Prinzessin blickte in Augen, die das Lachen nur noch als lang vergangene, blasse Erinnerung aus Kindertagen kannten. Und ihr eiliger Schritt wurde langsamer.

Schließlich blieb sie stehen und schaute um sich. Wer auch könnte noch weitergehen bei soviel Not? Niemand am Hof hatte ihr jemals erzählt, dass es all dies in der Stadt gab: weinende, große Kinderaugen, Krankheit, Schmerzen und Tod, Lüge und Hinterlist, Gier und Angst, schwärende Wunden, Elend und Trauer. Wie hätte sie daran achtlos vorübergehen können?

Dichter drängten sich die Menschen um sie, streckten der Prinzessin ihre leeren Hände entgegen und starrten sie aus großen Augen an. Da war es der Prinzessin, als würde sie erwachen. Die Krone der Lichtalben fiel ihr vom Kopf. Klingend und klirrend schlug sie gegen schmutzigen Stein, kollerte über plattgetretenen Pferdemist. Der Blütenkelch aus reinem Licht und die Krone knirschten und knorckten, dann durchzogen feine Risse ihren makellos lichtglänzenden Schein. Schließlich barst das Werk der Lichtalben in tausendundeinen Teil. Erschrocken sammelte die Prinzessin sie alle wieder ein und barg sie in ihren Händen.

Traurig waren die Menschen zurückgewichen, denn die Krone der Lichtalben hatte ihnen ein Licht gebracht in der Nacht. Nun war es wieder dunkel.

Da öffnete die Prinzessin ihre Hände und gab allen, welche um sie standen, einen kleinen Splitter der zersprungenen Krone. Wie freute sie sich, als deren Augen zu leuchten begannen und in neuer Hoffnung glänzten, weil sie nun selbst ein kleines Licht in ihren Händen hielten.

Schneller kam sie jetzt voran auf ihrem Weg durch die Straßen der Stadt, und alle, die sie auf ihrem weiteren Weg traf, wurden beschenkt.

Als die Prinzessin schließlich alle Wege und Straßen durchschritten hatte und sich wieder dem gewaltigen Tor des Schlosses näherte, waren ihre Hände leer, doch in ihrem Herzen trug sie all das glückliche Lachen der Menschen, die nun einen kleinen Splitter der Krone besaßen.

•

Tief unter dem Schloss lag die königliche Gruft. Am Grabmal ihrer Eltern verharrte die Prinzessin. Sie hatte nicht achtgegeben auf die Krone mit dem Blütenkelch aus Licht. Das Werk der Lichtalben war zersprungen. Doch jeder einzelne Splitter war nun ein Hoffnungsschimmer in den Herzen und Augen so vieler, die in dieser Stadt lebten und von denen die Prinzessin bis heute Nacht noch nicht gewusst hatte. Sie verneigte sich vor dem Grab und hastete weiter, einen schmalen Gang hinunter zur Quelle, welche Schloss und Stadt mit klarem, reinem Wasser versorgte, schon seit Anbeginn allen Erinnerns.

Dunkel war ihr Weg, nur von wenigen Fackeln beleuchtet. Dichtmaschig wehten alte Spinnweben, weiß schimmernd in seidigem Glanz. Wasser tropfte vom feuchtglänzenden Fels. Fledermäuse huschten durch die Dunkelheit, leise fiepend. Seltsam fremde Ornamente an den Wänden des Ganges begleiteten die Prinzessin auf ihrem Weg.

Schließlich endete der Gang an einer moosgrünen Felswand. Daraus ragte, zwei ineinander verschlungenen Händen gleich, ein glattgewaschener Stein, aus dem Wasser quoll. Doch wie sollte die Prinzessin nun Wasser daraus schöpfen, um es auf den Hohen Turm zu bringen? Sie ließ sich unter dem Quellstein nieder und dachte verzweifelt nach.

Unermüdlich strömte und sprudelte das Wasser.

Plötzlich begann die Prinzessin zu lachen und richtete sich auf. Mit einem Mal wusste sie, wie einfach es war, Wasser zu schöpfen mit einem Gefäß, welches nicht von Menschenhand gefertigt war. Nur kurz zögerte sie. Dann legte sie ihre Lippen unter die sprudelnde Flut und füllte ihren Mund. Der Quellstein prustete einen großen, prickelnd kalten Schwall hervor, der die Prinzessin über und über durchnässte. Nass wie ein neugeborenes Fohlen, die gefüllten Wangen prall gespannt, ging die Prinzessin, um sich der dritten Aufgabe zu stellen.

•

Zur stillsten Stunde der Nacht stand die Prinzessin vor dem Hohen Turm. Dies ist die Zeit, wenn die Eulen ihre großen Augen schon wieder geschlossen haben und auch die Nachtigallen zu müde sind, dem allzu fernen Mond ein weiteres Lied zu schenken. Und die Lerchen verschwenden noch keinen Gedanken daran, mit welchem Gesang sie die Sonne begrüßen wollen. Ein wenig war ihr kalt, als sie so alleine vor dem Hohen Turm stand. Keiner durfte hier zugegen sein. So verlangte es das alte Gesetz.

Langsam trat die Prinzessin auf die erste Stufe der Wendeltreppe des Hohen Turmes, dann auf die zweite, die dritte. Sorgfältig behauen waren die Stufen, und leichten Schrittes stieg die Prinzessin empor. So einfach ging der Aufstieg vonstatten, dass sie nach einiger Zeit zu rennen begann. Sie war sich gewiss, dass sie die dreihundertfünfundsechzig Stufen bis zu den Zinnen leicht vor Sonnenaufgang bewältigt haben würde.

Doch dann bemerkte die Prinzessin, dass sie immerzu nur rannte und rannte. Wie lange war es her, dass sie auf eine Stufe gestiegen war? Noch schneller lief da die Prinzessin. Doch es kamen keine Stufen, die sie emporsteigen konnte. Sie hielt erst inne, als ihr das Herz am Halse schlug, sie außer Atem kam und sich beinahe am kostbaren Wasser, das sie in ihrem Mund trug, verschluckt hätte.

Als sie langsam weiterging, lag plötzlich wieder eine Stufe vor ihr. Vorsichtig und prüfend trat die Prinzessin darauf, denn sie glaubte zunächst, ihren Augen nicht trauen zu können. Doch die Stufe hielt, und gleich darauf kam eine weitere und auch eine dritte. Langsam und bedächtig ging die Prinzessin weiter. Gut zu gehen waren die Stufen wieder, fein gefugt, von Meisterhand aus Fels geschnitten und zur Wendeltreppe vereint.

Nach einiger Zeit kam die Prinzessin ins Grübeln. Wer würde wohl am Morgen unter dem Hohen Turm stehen, um zu sehen, ob sie ihre Aufgaben auch erfüllt hatte?

Sicher all die Ratgeber und Bediensteten und, wer weiß, vielleicht auch die Menschen aus der Stadt, unter denen sie die Splitter der Krone verteilt hatte. Doch wieviel Zeit blieb ihr noch? Wie lange war sie nur im Kreis gerannt? Die Prinzessin begann zu zweifeln. Würde sie die Zinnen des Hohen Turmes tatsächlich noch vor Sonnenaufgang erreichen? Da schien ihr, als würde jede neue Stufe ein wenig höher als die vorhergegangene. Schon musste die Prinzessin weit ausschreiten, um auf die nächste Stufe zu gelangen. Niemals, dachte sie, werde ich rechtzeitig auf den Zinnen des Hohen Turmes stehen. Höher wurden die Stufen und immer höher. Inzwischen musste sich die Prinzessin mit Händen und Knien auf den nächsten Absatz der Wendeltreppe ziehen. Doch sie kletterte weiter ohne Unterlass.

Manchmal war sie nahe daran, das Wasser aus der tiefen Quelle, die sie noch immer in ihrem Munde trug, zu schlucken. Doch die Prinzessin hatte in die Augen der Menschen gesehen, und das konnte sie nicht vergessen. So mühte sie sich weiter, Stufe um Stufe, und dachte nicht mehr daran, wieviel Zeit ihr wohl noch verblieb bis zum Aufgang der Sonne. Einzig und allein das Erklimmen der nächsten Stufe war ihr noch wichtig. Und sie ließ nicht nach in ihren Anstrengungen. Irgendwann bemerkte die Prinzessin, dass sie die Kraft ihrer Hände nicht mehr brauchte, um den nächsten Absatz zu erklimmen. Bald waren die Stufen nicht mehr zu hoch und lagen im richtigen Abstand für ihren Schritt. So stieg sie weiter empor, achtete auf jede Stufe und sah endlich vor sich ein wenig gräulichen Himmel, der noch verhangen war von aufsteigenden Nebelfetzen und zerfaserten, kleinen Wolken, die der dahinscheidenden Nacht hinterherhuschten.

Als die Prinzessin auf die Zinnen des Hohen Turmes trat, fuhr ihr ein früher, kalter Morgenwind durch die Haare. Noch war die Sonne nicht über den Rand der Welt gestiegen. Aber sie kündigte sich an, mit dünnen Blitzen goldenen Lichtes.

Vom Platz um den Hohen Turm drang vielstimmiges Jubeln herauf. Doch die Prinzessin sah nicht hinunter. Sie ging um die Zinnen des Hohen Turmes und versprühte das Wasser des Quellsteins hin zu den Heimstätten der Winde. So wie es das alte Gesetz vorschrieb.

Als ihr Mund leer war, stieg die Sonne über den Horizont. Ihre ersten wärmenden Strahlen trafen auf die Zinnen des Hohen Turmes. Da begann die Prinzessin vor Freude zu tanzen, und ihre nassen Haare versprühten tausendundeinen Tropfen über die Stadt.

Die jubelnden Menschen auf dem Platz vor dem Hohen Turm sahen, dass die Prinzessin erfüllt hatte, was das alte Gesetz fordert. Danach erlebten sie eine tanzende Königin auf den Zinnen des Hohen Turmes, aus deren wehenden Haaren so viele Tropfen über die Stadt sprühten, wie seit undenklichen Zeiten nicht.

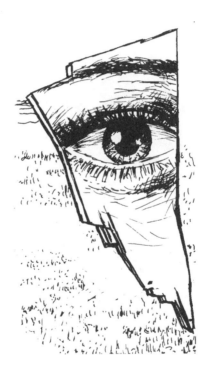

PRINZ NAMENLOS

Einem König und seiner Königin war endlich ein Sohn geboren worden, ein Stammhalter, der künftige Erbe des Reiches. Was war das für eine Freude nach der Geburt. Das Leuchten in den Augen des Königs und der Königin, wenn sie an ihren Prinzen dachten oder ihn sahen, erlosch auch in der Zeit nach diesen Festen nicht.

Wohl hatte der kleine Prinz einen Namen erhalten nach seiner Geburt, den König und Königin gemeinsam mit den geladenen Ahnen ausgesucht hatten. Aber dieser war schnell vergessen. Der kleine Prinz wurde von allen im Schloss stets „mein Sonnenschein", „süßer Liebling", oder „großer Held" gerufen.

Da geschah es, dass der König in einen Krieg zog, den er selbst begonnen hatte, kaum dass der Prinz ihm bis zur Hüfte reichte. In einer großen Schlacht wurde er getötet. Um ein Haar wäre das Reich zerfallen, doch der Bruder des Königs, dem die Frau vor Jahren gestorben war, setzte sich an die Seite der Königin und regierte nun mit ihr das Land.

Der neue König aber hatte auch einen Sohn, und dieser sollte nach ihm das Reich regieren und den Thron besteigen. So ließ er den kleinen Prinzen heimlich von Soldaten aus dem Schloss bringen, hin in einen tiefen Wald in dem noch wilde Tiere hausten. Dort fesselten die Soldaten den Prinzen an einen Baum, wie es ihnen der neue König befohlen hatte.

Als sich die Dunkelheit über die Welt senkte, fürchtete sich der kleine Prinz sehr, denn die Stimmen der Nachttiere waren ihm fremd, und sie kamen bedrohlich nahe. Rings um ihn knackte, raschelte und schnüffelte es.

Der kleine Prinz begann zu weinen und die wilden Tiere flohen. In der zweiten Nacht jedoch, ließen sie sich nicht mehr durch das Weinen des Prinzen abschrecken. Sie schlichen heran, zerrten und rissen an seiner Kleidung, bis er laut zu schreien begann vor Angst. Da flüchteten die wilden Tiere, denn solche Schreie hatten sie zuvor noch nie gehört in ihrem Wald.

Ihre Bisse und Klauen jedoch hatten die Fesseln gelöst, und so konnte er fliehen. Erst am Abend des nächsten Tages, fand er zu einem kleinen Haus auf einer grünen Anhöhe.

Die Tür war nicht verschlossen, und da er schwach war, hungrig und voller Angst, nochmals eine Nacht im Wald verbringen zu müssen, ging er hinein, obwohl ihm auf sein Rufen niemand geantwortet hatte.

Trockenes Kaminholz war aufgeschichtet, aber der Prinz wusste nicht, wie man ein Feuer entzündet und so blieb es kalt im Haus. Er hüllte sich in einige Decken und schlief ein.

Durch das Prasseln des Feuers und den würzigen Geruch brennenden Holzes wurde er geweckt.

„Ich dachte schon, du willst überhaupt nicht mehr erwachen", begrüßte ihn eine tiefe Stimme. Erschrocken fuhr der Prinz von seinem Lager hoch.

Der alte Mann neben dem Kamin lächelte beruhigend. „Wie heißt du und woher kommst du?"

Der Prinz antwortete: „In einem großen Schloss wohnte ich. Aber wo es steht, das weiß ich nicht. Sonnenschein werde ich gerufen oder Liebling. Manchmal auch großer Held."

„So weißt du weder, wie dein wahrer Name lautet", murmelte der Alte bestürzt, „noch wo dein Zuhause ist. Das ist schlimm, denn wie soll jemand wissen, wohin er gehen will, wenn er nicht weiß, woher er kommt und wie er wirklich heißt?"

Der Alte nahm den kleinen Prinzen bei sich auf, pflegte ihn gesund und lehrte ihn die Geheimnisse des Waldes, die vielfältigen Stimmen der Nacht, wie man auch mit nassem Holz ein wärmendes Feuer entzünden kann und vieles, vieles mehr.

So verstrichen sieben Jahre.

Als dem Prinz der erste Flaum auf den Wangen spross, richtete der Alte eines Abends ein Bündel zusammen und sprach: „Morgen in der Frühe werden wir aufbrechen. Ich habe dich gelehrt, was ich vermochte. Nun ist es an der Zeit, dass du dich auf den Weg machst, Antworten auf die Fragen zu finden, die du schon fast vergessen hast.“

Vor Sonnenaufgang weckte der Alte den Prinzen, und dann folgten die beiden dem Lauf der Sonne, bis sie am Mittag zu einer hochgewachsenen Buche kamen, unter deren Ästen ein alter, unscheinbarer Brunnen ausgeschachtet war.

„Das ist der Brunnen des Erinnerns“, erklärte der Alte. „Drei Mal musst du von seinem Wasser trinken. Das wird dir weiterhelfen auf deinem Weg.“

Der Prinz ließ den Schöpfeimer hinab in die Tiefe und zog ihn gefüllt wieder empor. Er trank und fand im Eimer ein Messer mit schartig, stumpfer Klinge. „Damit habe ich gespielt vor langer Zeit!“ rief der Prinz erstaunt. „Wie kommt es in diesen Brunnen?“

Der Alte zuckte mit den Schultern und schwieg.

Als der Schöpfeimer ein zweites Mal heraufgezogen wurde, war er nur noch zur Hälfte mit Wasser gefüllt.

Der Prinz trank und fand eine kleine Spiegelscherbe auf dem Grund des Eimers, die funkelte und blitzte im Licht der Sonne. Er verwahrte sie in seiner Tasche, wie zuvor das kleine Messer.

Wieder ließ der Prinz den Schöpfeimer in den Brunnen hinab. Doch als er ihn dieses Mal emporzog, war kein Wasser darin.

„Ist der Brunnen erschöpft?" wollte der Junge von dem Alten wissen.

„Nein, nein", schüttelte dieser den Kopf. „Aber um ein drittes Mal zu trinken, musst du hinabsteigen auf seinen Grund."

Obwohl ihm die Sache nicht ganz geheuer war, stieg der Prinz in den Brunnen hinab. Es knirschte und knorzte, aber die Tritte hielten. Auf dem Grund des Brunnens stand er bis über die Knie im Wasser und es war so dunkel, dass er weit über sich die Sterne am Himmel sehen konnte, obwohl es doch noch heller Mittag war.

Der Prinz trank ein drittes Mal von dem Wasser und fand in seinen Händen einen kleinen Schlüssel, den er mitnahm auf seinem Weg empor.

Zufrieden betrachtete der Alte am Brunnenrand den goldglänzenden kleinen Schlüssel.

„Du bist gut gerüstet für deinen weiteren Weg", sagte er. „Folge den Augen der Großen Schlange heute Nacht. Sie führen dich zum Haus der Spiegel. Darin musst du den einen finden, durch den nur du hindurchgehen kannst. Doch achte darauf, dass du das Haus verlassen hast, bevor die Sonne aufgeht. Sonst bleibst du im spiegelnden Haus gefangen bis an dein Lebensende."

So ging der Prinz alleine weiter, und als es dunkel wurde, führten ihn die Augen der Großen Schlange auf seinem Weg. Die Tiere der Nacht erhoben ihre Stimmen, doch der Prinz verspürte keine Angst. Inzwischen wusste er um ihre Herkunft und Absicht.

Als der Mond am höchsten stand, kam er zu einem sonderbaren Haus. Das war so klein, dass der Prinz Mühe hatte, sich durch die Tür zu zwängen. Im Innern jedoch öffneten sich weite Flure und große Säle, in denen unzählige Fackeln und Lampen sich in tausenden und abertausenden Spiegeln glänzend und funkelnd widerspiegelten.

Manch seltsame Gestalt blickte daraus auf den Prinzen, wenn er vor einem der Spiegel stand: Krieger mit wildem Blick und todbringenden Waffen, Jäger, die ihrer Beute nachstellten Tag und Nacht, ein leichtgläubiger Lebemann und ein dicker Tyrann. Der Prinz irrte staunend durch das verwinkelte Labyrinth der Spiegel, sah sich als edlen Ritter, großen Entdecker, kalten Ausbeuter, liebevollen Herrscher oder verstohlenen Räuber.

Doch immer wenn ihm eines dieser Bilder gefiel, und er versuchte, durch den Spiegel hindurchzugehen, schlug er sich den Kopf an. Erst als der Mond schon untergegangen war und sich vor den Fenstern die Dämmerung ankündigte, erinnerte er sich an die warnenden Worte des Alten und an die kleine Spiegelscherbe aus dem Brunnen. Er nahm sie in die Hand und betrachtete sie genau. Sie war gerade so groß, dass er sein Auge darin sehen konnte.

Nun wusste der Prinz, nach was er zu suchen hatte. Ohne innezuhalten, lief er durch das Haus der Spiegel und fand schließlich den einen, an welchem ein kleines Stück herausgesprungen war. Trüb schimmerte dieser Spiegel inmitten all der blinkenden und blitzenden anderen. Es war gerade vor Sonnenaufgang, als der Prinz die Scherbe in den Spiegel passte und ohne einen Widerstand zu spüren durch ihn hindurchging.

Er fand sich wieder im riesigen Thronsaal eines Schlosses. Vor ihm saß gebückt der König, sein Stiefvater, mit müden Augen und gramzerfurchtem Gesicht.

„Wer bist du und wo kommst du her?" rief der König erstaunt.

„Meinen Namen weiß ich nicht", erwiderte der Prinz und trat vor den Thron. „Aber ich bin gekommen, ihn zu erfahren."

Da erkannte der alte König seinen Stiefsohn und kam weinend auf ihn zu. „Du bist es, nach all den Jahren."

Er wollte den Prinzen umarmen, doch dieser wich zurück.

„Sag mir den Namen, den ich bei meiner Geburt erhielt", forderte er.

„Ich weiß ihn nicht mehr. Deine Mutter ist gestorben vor Kummer, als du nicht zurückgekommen bist aus dem Wald. Mein Sohn verließ mich und zog in die Welt. Ich wollte alles vergessen und habe vergessen", murmelte der alte König bekümmert und senkte sein Haupt.

Polternd fiel die Krone herab, und da erstarrte der ganze Hofstaat, die Ratgeber, der Kanzler und alle Bediensteten und Höflinge.

Kein Laut war mehr zu hören, sogar die Stubenfliegen hingen fett und unbeweglich in der Luft über den Speisen auf dem Tisch. Nur der Hofnarr grinste weiterhin und unverschämt lebendig.

„Ich zeig dir, wo du Antwort findest", lachte er und tanzte um den Prinzen. „Mein Tritt ist leicht und deshalb sicher! Geh´ ich auch wirr, mich findet immer das Ziel!"

Die Kappe bimmelte lustig als er davonsprang, zwischen dem ganzen erstarrten Hofstaat hindurch. Der Prinz folgte ihm verwundert durch die langen Korridore des Schlosses, vorbei an in Stein gemeißelte Vorfahren, riesigen Gemälden, einer Unzahl von Sälen, Tanzräumen und Kaminzimmern, an deren Wänden Jagdtrophäen hingen, hin zu einer unscheinbaren Tür.

„Nun ist es an dir", sang der lachende Narr, „zu öffnen die Tür! Ich geh, bin aber bereit, wenn du denkst, es ist für mich Zeit!"

Er verschwand so schnell, dass man glauben konnte, er hätte sich in Luft aufgelöst.

Zögernd öffnete der Prinz die Tür. Fast glaubte er seinen Augen nicht zu trauen, aber er stand tatsächlich im Zimmer seiner Kindheit. Nichts darin hatte sich verändert in der vergangenen Zeit. Hier stand das Bettchen und dort die überquellende Spielkiste. Auf dem kleinen Tisch lagen Farbstifte und weiße Blätter, die darauf warteten, mit bunten Strichen zum Leben erweckt zu werden.

Und daneben stand eine kleine, mit schillerndem Perlmutt verzierte Kassette. Neugierig wollte der Prinz sie nehmen, denn er konnte sich nicht daran erinnern, sie jemals zuvor gesehen zu haben.

Doch da brauste aus einer dunklen Ecke des Zimmers ein schwarzes Ungeheuer auf ihn zu. Das hatte neun Köpfe und dreizehn Schwänze, die wie Peitschen schlugen. Der Prinz nahm das schartige, stumpfe Messer, das er gefunden hatte im Brunnen. Und das blinkte und blitzte mit einem Mal gleißend bunt und grell. Kreischend verschwand das Ungeheuer und nicht einmal ein düsterer Schatten blieb davon zurück.

Da stapfte aus der zweiten Ecke ein grobschlächtiger Riese auf den Prinzen zu. Aber als er das schartige Messer sah, verkümmerte er wimmernd zu einer winzigen Maus, die sich in ein Loch flüchtete.

In der dritten Ecke erschien mit Dampf und Schwefelgestank eine abscheuliche Hexe und richtete ihren Zauberstab auf den Prinzen, doch sie war ebenso machtlos gegen das bunt blinkende, gleißende Licht des schartigen Messers, wie das schleimige Monster, das in der vierten Ecke gehaust hatte.

Als der Prinz die Kassette nun zur Hand nahm und öffnen wollte, fand er sie verschlossen. Doch der kleine, goldglänzende Schlüssel, den er im Schlick des Brunnens gefunden hatte, drehte sich leicht im kunstvoll gearbeiteten Schloss.

Darin fand der Prinz einen Namen, der mit goldenem Faden auf purpurnem Samt eingestickt war.

So fand der namenlose Prinz zu dem Namen, der ihm bei seiner Geburt gegeben worden war. Als er wieder zurück im Thronsaal war, stand dort noch alles in regloser Erstarrung.

Nur der Narr lüftete neben dem Thron seine Glockenkappe und begrüßte ihn mit übertriebener Verbeugung samt Kratzfuß.

Der Prinz lächelte den Narren freundlich an, setzte sich auf den Thron und rief laut seinen Namen.

Da erwachte der Hofstaat und alle Bediensteten, die Ratgeber und der alte Kanzler.

Und alle verbeugten sich vor dem neuen König, der endlich seinen Namen gefunden hatte.

EIN SCHRITT WEITER

Staubig war die Straße vor dem Stadttor. Staubig und heiß. Seit Stunden lief die alte Frau davor auf und ab, missmutig vor sich hinbrummelnd.

Die Wachen hatten die Lanzen gekreuzt, als sie Einlass in die Stadt begehrte.

„Ihr seid hier nicht erwünscht, und solange wir für die Sicherheit der Stadt zuständig sind, werdet Ihr keinen Einlass finden!" hatten sie gerufen und ihre Fäuste fester um die Lanzenschäfte geballt.

Die alte Frau zweifelte keinen Augenblick, dass die Wächter bereitwillig von ihren Waffen Gebrauch machen würden, um ihren Worten Nachdruck zu verleihen. So hatte sie sich mit bösem Blick abgewandt. Kam jemand auf die Stadt zu, stellte sie sich ihm in den Weg und redete auf ihn ein. Doch ganz gleich, ob Handwerker, Bauer oder Kaufmann, ob Magd, Geldverleiher oder Mönch, alle machten einen großen Bogen um die Alte mit ihrem geheimnisvollen, düsteren Sack auf dem Rücken und strebten so schnell als möglich dem Stadttor zu.

„Wartet nur ab!" Böse drohte die Alte mit der Faust all denjenigen, die an ihr vorübergingen und den Wachen am Stadttor. „Ich habe noch immer einen Weg in eine Stadt gefunden!"

Sie drehte sich um und schritt an der Stadtmauer entlang. Ihre Zähigkeit wurde belohnt. Sie fand eine Stelle, wo Flechten und Moos, knorriges Wurzelgestrüpp und der Zahn der Zeit ihre Spuren in der Mauer hinterlassen hatten. Die Quader waren brüchig. Einen davon konnte sie soweit lockern, dass er sich herausziehen ließ. Siegessicher kicherte die Alte vor sich hin, während sie mit geschickten Fingern und starken Händen, die Steine in der mächtigen Stadtmauer lockerte, herausbrach und achtlos hinter sich warf.

So war der Tag vergangen, und als langsam die Dämmerung mit zarten Fingern über den Himmel strich, hatte die alte Frau schon eine große Lücke herausgebrochen. Nicht mehr lange und die stolz aufstrebende Stadtmauer würde an dieser Stelle in sich zusammenbrechen. Die Alte war zufrieden. Sie würde in die Stadt kommen. Wenn nicht durch das Tor, dann eben auf diesem Weg.

•

Aus dem glühenden Licht der über den Horizont fallenden Abendsonne kam eine Gestalt mit leichten Schritten auf die Stadt zu. Die alte Frau verharrte in ihrem rastlosen Tun. Sie hörte ein fröhliches Lied, dessen Melodie ihr aus fernen Kindertagen wohlvertraut war. Fast schien es, als wollte die Alte lächeln, doch bevor sich ein winziger Glanz in ihre Augen stehlen konnte, gewann ihr Zorn wieder die Oberhand. Sie lockerte einen weiteren Stein in der Mauer.

Es war ein Mädchen, das da im letzten Abendlicht noch unterwegs war. Mit drei bunten Seidentüchern jonglierend, schritt sie auf die Alte zu. Das fröhliche Lied verstummte, als die beiden sich gegenüberstanden, doch das Spiel der Hände mit den Tüchern setzte sich unermüdlich fort.

„Seid mir gegrüßt", sagte das Mädchen. „Was macht Ihr hier an dieser brüchigen Mauer? Die Nacht wird bald kommen und da ist es besser, an einem sicheren, vor Wind und Wetter geschützten Platz in der Stadt zu sein." Die alte Frau nickte mit verkniffenen Mundwinkeln. Das Mädchen musterte die Alte von oben bis unten. Sehr vertrauenswürdig sah sie nicht aus. Ihre gebückte Gestalt verdeckte ein weiter Umhang, dessen dunkle Farben blass und verblichen waren. Das Gesicht war fast vollständig verborgen unter einem weit herabhängenden, schäbigen Kopftuch. Im Leuchten der Augen jedoch konnte das Mädchen die Kraft vieler Jahre, vieler Wege und vieler Leiden erkennen. Am unheimlichsten jedoch war das geheimnisvolle Zischeln und Scheppern, ein beständiges Raunen und Wispern, sowie ein stechend beißender Geruch, der seinen Ursprung, wie all die Geräusche, in dem düsteren Sack hatte, den die Alte auf ihrem Rücken trug.

„Die Mauer wird zusammenbrechen, wenn Ihr sie weiter zerstört", stellte das Mädchen fest.

„Kannst du nicht mit dem dämlichen Spiel deiner Hände aufhören?" keifte die alte Frau. „Mach dich davon. Was geht es dich an, wie ich mir meinen Weg in die Stadt bahne?"

Sie zog einen weiteren Stein aus der Mauer. Geröll und Schutt bröckelte staubig unter ihren Händen. Ein großer Quader hatte sich gelockert und stürzte laut polternd aus der Mauer.

„Schaut doch, was ich kann!" rief das Mädchen fröhlich.

Als die alte Frau über die Schulter blickte, sah sie, dass das Mädchen vier bunte Tücher durch die Luft tanzen ließ.

„Lass mich zufrieden. Deine Gauklerstückchen interessieren mich nicht."

Doch da war wie von Zauberhand ein fünftes Tuch erschienen und reihte sich ein in den bunten Kreislauf, welcher von dem Mädchen in der Luft gehalten wurde.

„Seht und staunt!" forderte das Mädchen die Alte auf.

„Auch mit sechs Tüchern zu spielen, bereitet mir keine Schwierigkeiten."

Misstrauisch beobachtete die alte Frau das Mädchen. Weshalb führte es ihr Kunststückchen vor, wo sie es doch gewohnt war, dass die Menschen ihre Gesellschaft mieden und möglichst einen großen Bogen um sie schlugen? Nun waren es sieben bunte Tücher, die das Mädchen in wildem Tanz in der Luft hielt. Das konnte nicht mit rechten Dingen zugehen.

Als die Alte einige Schritte zur Seite stolperte, hörte sie die vergnügte Stimme des Mädchens. „Seht! Schaut her! Zählt mit! Jetzt sind es acht!"

Die Alte wich zurück. Sollte hier ein böser Zauber mit ihr geschehen? Niemand auf der Welt konnte gleichzeitig acht Tücher durch die Luft tanzen lassen, ohne dass eines davon auf die Erde fiel.

„Ich will Euch zeigen, was noch niemand sah. Ihr werdet sehen, was keiner je für möglich hielt. Schaut und staunt. Neun Tücher lasse ich tanzen und keines berührt das andere und keines lasse ich fallen."

Das Mädchen stand lachend in der Abendsonne und ihre Hände waren nur als huschende Schemen zu erkennen. Die seidigen Tücher wirbelten umher in einem leuchtenden Kreis, der sich bunt in den aufkommenden Nachthimmel zeichnete.

„Neun?" Die Stimme der Alten zitterte.

Dann ging sie langsam auf das Mädchen zu. „Kannst du auch mit zehn Tüchern dein Kunststück vorführen?" wollte sie wissen und ihre Stimme klang brüchig.

„Nein", sagte das Mädchen. Mit einem geschickten Schwung fing sie die wirbelnden Tücher auf. „Warum seid Ihr zurückgekommen?"

„Du vollführst deine Gaukelei mit neun Tüchern. Mir hat die Last des Lebens ein Bündel auf den Rücken geschnürt, das ich immer bei mir führen muss. Neun Dinge sind darin. Das ist der Grund, weshalb die Menschen vor mir zurückweichen."

Mit großen, neugierigen Augen fragte das Mädchen: „Was ist es, was Ihr bei Euch habt?"

„All das, was die Menschen ängstigt, ist in meinem Bündel versammelt: Hunger und Durst, Krankheit und Tod, der Dorn der Einsamkeit und die Qual des Misslingens, die namenlose Schuld, das allumfassende, alles verschlingende Nichts, welches von der Sinnlosigkeit des Lebens herrührt, und all die missliebigen Antworten auf die viel zu vielen ungestellten Fragen jedes Menschen."

„Nun verstehe ich, weshalb die Wachen Euch nicht in die Stadt lassen wollen!" sagte das Mädchen. „Es ist nicht leicht, jemanden wie Euch willkommen zu heißen."

„Ich komme schon hinein, denn auch mir gebührt ein Platz in der Stadt", versicherte die Alte, deren Stimme plötzlich wieder voller Kraft und Leben war. „Noch nie hat mich eine Befestigung abgehalten. Ich finde immer einen Weg."

„Aber wenn Ihr die Mauer zerstört, ist die Stadt schutzlos ihren Feinden und den wilden Tieren ausgeliefert!" entsetzte sich das Mädchen. „Das dürft Ihr nicht tun!"

„Mein Platz ist in der Stadt", beharrte die Alte. Sie rüttelte und zog an einem großen Stein.

Das Mädchen setzte sich und glättete ihre neun bunten Seidentücher. Dann band sie eines an das andere und verknotete sie gut.

„Gebt mir Euer Gepäck", forderte sie dann die Alte auf.

„Das geht nicht!" Die Alte lachte ein verdorrtes Lachen, während sie sich weiterhin mit dem großen Stein abmühte. „Du kannst mit deinen Tüchern spielen und sie weglegen. Mein Bündel jedoch kann ich nicht abnehmen."

„Dann werde ich es auf Eurem Rücken verhüllen."

Das Mädchen trat hinter die alte Frau und verbarg den

düsteren Sack unter ihren leuchtenden Tüchern.

„Kommt mit", rief sie dann und eilte davon zum Stadttor.

Dort klopfte sie heftig, bis sich eine kleine Luke öffnete und ein Wächter herausschaute. Das Mädchen benötigte nur wenige Worte und ein fröhliches Lächeln, dann wurde das Tor geöffnet.

Keuchend war die alte Frau inzwischen bei dem Mädchen angelangt. Der Wächter musterte sie mit zusammengekniffenen Augen. Doch als er den Umhang aus bunten Tüchern entdeckte, begann er zu lächeln und trat zur Seite.

Die Alte schüttelte verwundert den Kopf, als könne sie nicht glauben, was sie hier erlebte. Das Mädchen fragte leise: „Nun sagt mir, wer seid Ihr?"

„Ich bin die Angst", antwortete die alte Frau mit gramerfüllter Stimme.

„Das trifft sich gut", rief das Mädchen fröhlich. „Lasst uns ein Stück Weg gemeinsam gehen."

Das Mädchen nahm die Alte bei der Hand. Diese zuckte bei der ungewohnten Berührung zurück. Erst als sich die Hand des Mädchens fest um ihre geschlossen hatte, fand die Alte die Sprache wieder. „Wer bist du, dass du wagst, nach meiner Hand zu greifen?"

„Ich?", lachte das Mädchen. „Ich bin die Hoffnung."

Gemeinsam gingen sie durch das große Tor in die Stadt.

Es war einmal.
Und ist immer noch.
Die Zeit gebiert Märchen.
Sie sind Spiegel der Menschen,
ihrer Sehnsüchte und Ängste.
Einer gießt sie in Worte:
Roland Kübler
(Stuttgarter Zeitung)

Der Kult-Bestseller in USA, Spanien und Südamerika

96 Seiten · illustriert
ISBN 3-926789-30-1

Robert Fishers Parabel ist sicher eines jener Bücher, die man zunächst selbst mit erkennendem Lächeln liest und dann verschenkt.

Mit feinfühliger Ironie beschreibt Robert Fisher den Weg des Ritters in seine Rüstung hinein und wie er es schließlich schafft, sie wieder loszuwerden.

„Die Lektüre dieses Märchens ist eine inspirierende Erfahrung voller Kraft, die den Weisen, der in jedem von uns lebt, erweckt und wieder wachsen lässt."
(LA NACION, Buenos Aires)